U0927431

梁实秋心灵随笔集

跌一跤 且坐坐

梁实秋

九州出版社
JIUZHOUPRESS

图书在版编目（CIP）数据

跌一跤，且坐坐：梁实秋心灵随笔集 / 梁实秋著.
--北京：九州出版社，2017.9
ISBN 978-7-5108-5879-6

Ⅰ. ①跌… Ⅱ. ①梁… Ⅲ. ①散文集–中国–当代
Ⅳ. ①I267

中国版本图书馆CIP数据核字（2017）第236917号

跌一跤，且坐坐：梁实秋心灵随笔集

作　　者　梁实秋 著
出版发行　九州出版社
地　　址　北京市西城区阜外大街甲35号(100037)
发行电话　(010)68992190/3/5/6
网　　址　www.jiuzhoupress.com
电子信箱　jiuzhou@jiuzhoupress.com
印　　刷　北京画中画印刷有限公司
开　　本　880毫米 × 1230毫米　32开
印　　张　6
字　　数　200千字
版　　次　2018年3月第1版
印　　次　2018年3月第1次印刷
书　　号　ISBN 978-7-5108-5879-6
定　　价　48.00元

目录

好容易过了端午节

理想的“饭碗”

旁若无人

搬家

好容易过了端午节

好容易过了端午节

好容易过了端午节！我昨天一天以内，因为受了精神上压迫，头部和背部流出来的汗，聚在一起，恐怕要在一加仑以上。为什么要在端午节那天出这些汗呢？这就一言难尽了，容我分作许多言来说罢。

过端午节，吃粽子，喝雄黄酒，悬菖蒲，这些事都很足以令人乐观，做起来也无须出汗。但是除此以外，还有一件极重大的事，先生小姐们，这件事在你们也许不大理会，但是在我就是一件性命交关的事，这件事便是还账！柴，米，两项大宗的账，不能不还的。但是店铺也真太不原谅人，还账只准用钱还，而我所缺乏的只是钱。

一清早，叩门声甚急。我战战兢兢地开了门，只见一位着短衣的人，手里拿着一张纸条，问我："这里是姓王吗？"我登时面无人色，吞吞吐吐地从喉咙深处哼出一声："是的！"我伸手把纸条接过来，心里想着也不必看了，一定是来要钱的。我懒洋洋地走上楼，像是小孩子上学似的，一步一步地挨着走，心里真有一点悲哀。前天到当铺里当得五块钱，这一笔账还可以付，第二笔便无法付了。我把钱拿在手里，低头一看账单，咦！哪里是一张账单，上面分明写着："王兄：兹送上枇杷一筐，诸希哂纳是幸。弟李思缘拜。"原来李先生送节礼来了。我笑了。

"喂，你把那筐枇杷拿进来吧……这是给你的酒力钱……回去谢谢李先生啊！……"

那个人笑嘻嘻的，我也笑嘻嘻的。那个人看了我一眼，我可是没有敢望他。他走了。我也上了楼，把那五块宝贝钱重新收起，把一颗枇杷塞进口内。

嗒！嗒！嗒！又有人叫门了。我自己明白，这一回恐怕逃不过去。我怕吓破了胆子，力求我的太太下楼去开门，她倒胆大，把门开了，只见挤进了半个戴绿帽穿绿衣的人。因为我的太太只开了半尺来宽的门缝，所以只挤进了半个人，还有半个在门外。"你有什么事？"

那半个人说："我来拜节。"

一角钱从我的太太的衣袋里走了出去，那半个人从大门缝退了出去。

平平安安地又过了半点钟。忽的又有人叫门了！大门开处，只见又有半个戴绿帽穿绿衣的人挤了进来。他说他也是来拜节的。我心里猜想，一定是方才没有挤进来的那半个人。经我严重质问之后，才知道他是送快信的，与方才来的那半个人不是一回事。于是乎我又付了一角钱的拜节账。

我的太太曰："讨账的虽尚未来，而拜节的则纷至不已，呜呼，此地岂可久居？"

我曰："然则走乎？"

我们走了。走到一个顶远的地方，走出了许多的时候，天黑了，我们回来，娘姨表示热烈的欢迎，她说："啊哟哟！柴店和米店的伙计自从你们走后就来了，守候了一天，饿不过才走的……"

我就这样地战胜了端午节。

记诗人西湖养病

有一位诗人，姑隐其姓氏，当今文坛知名之士也。前几天饭后咳嗽，居然呕出一口痰来，而痰里隐隐约约的有类似血丝的附带的东西，并且这种东西竟有七八条之多。诗人大恐，马上作出一首诗来：

这景象是多么古怪多么惨！
这到底，到底是怎么一回事！

吟声未罢，打了一个寒战，揽镜自照，脸色发白。于是一则以喜，一则以惧。友朋闻说，争来问询，议论纷纷，莫衷一是，“曷不食鱼肝油乎？”“曷妨试试自来血乎？”有某君者，爱才心切，力劝赴杭一游，以为消遣，谆谆劝驾，声泪俱下，诗人不得已，遂成行焉。

诗人到杭，寓湖滨旅馆，诗兴大发，饮食俱进。不数日，病有起色，吐痰渐成清一色，不复有红色之点缀，然病体犹虚，每餐只能啖饭五六碗耳。

有一天，天气清和，诗人摇摆而出，曰：“咦！我要到湖边走走。”诗人蓬其首，垢其面，宽衣博带，行动生风。俯仰之间，口占一首：

啊！水这样的绿，山这样的青！
这样的一个诗人生这样的病！

似乎短一点。然而诗人倦了，额际有一股热气冉冉上升，两颗汗珠徐徐下流。诗人长太息曰：“我要买一把扇子。”

行行重行行，到了一家扇庄，柜台上聚着许多大腹贾，选购纨扇，叫嚣不已。诗人曰：“此俗人也，不可与同群。”不顾而去。又到了一家，有赤背者一，立于肆首。诗人疾驰而过，愤甚。

最后，到了一家小扇庄。肆主乃一妙龄女郎也，诗人莞尔而笑曰：“得其所哉！得其所哉！”游目四视，乐不可支。忙里偷闲，选购扇子一把，价绝昂，较普通之价加倍，而诗人购扇，固不在扇，更不在扇之价也。

翌日，挈友游湖，至龙井，见有售司提克者（Stick，手杖。——编者注），诗人曰：“此物甚雅，可入诗。”遂购一柄。又有售顽石者，诗人曰：“此物甚雅，可入诗。”遂购一块。于是一杖一石一诗人，日暮而返。

以手探囊，羞涩殊甚。急搭四等车返沪，囊中尚余大洋一角，铜币十余枚。诗人病已霍然愈矣。

是热了！

我疑心我是得了什么病，身体里面的水分不从平常的途径发泄，而在周身皮肤的孔里不住地分泌。并且我不知是因为什么不喜欢在太阳光下走路，而喜欢在阴凉的地方坐着。我的家人告诉我，这是因为天热的缘故。后来我看见我家养的那条大黄狗，伸出半尺来长的红舌头，呼呼地喘，我这才有一点疑心，大概是热了。

但是真理就怕研究。一研究，真理就出来。我当细心研究矣，知道现今天气热，确是真的。并且证据很多，除了黄狗伸舌以外，还有许多旁的证明。

有一天我在晚上去看朋友，方要踏进弄堂口，似乎觉得鞋底与一块肉质的东西接触了。我当时心想，在这种时候在这种地方，除了野狗以外，或者没有别的肉质的东西。然而我竟错了。那一块肉忽然发出一种声音，我敢起誓，决不是犬吠，并且我听上去有点耳熟。细一辨察，啊哟！真罪过，这块肉原来是和你和我一样的一个活人。既是活人，为什么铺块凉席，睡在弄堂口呢？这很简单，是热了！

我走到朋友家门口，敲了几下门，从门缝里漏出一声隐隐约约的“啥人？”紧接着又是好几嗓子的严厉的质问。我赶紧声明，一不是抢匪，二不是讨债，三不是收捐，那扇门才呀的一声开了半扇，我斜着肚子挤进去了。谈话不久，忽然间听见百货公司有人大声宣布，约请什么什么老板唱《卖马》的二段！我知道我这位朋友是不谙乐理的，为什么忽然发奋？再说这声音之大，迥非凡响，芳邻似乎也决不至于把留声机搬到他家里来唱。我的朋友说：“李先生府上又放焰口了！”

我知道所谓放焰口者，大概就是留声机的“卖马”。我说：“声音为何这样大？”

他说：“在晒台上唱呢，这焰口真不小，前后左右二三十家的邻居全都算是预约了死后的超度。”

我问：“为什么在晒台上唱？”

他说：“是热了！”

随后又听到清脆可听的洗牌声，就好像是他们正在改葬祖坟，收拾残碎骨头的声音。

我的朋友说：“晒台上又打起牌来了！”

我说：“是热了！”

我谈完了话，马上兴辞。我的朋友送我到门口，我仔细地用慧眼观察，发现我的朋友并未穿起长衫。送客（尤其是在礼教之邦送客）为什么不穿长衫？我想：是热了！

有以上这些证据，我暂时相信，大概是热了。

戒烟

戒烟的念头，起过好几次。第一次想戒烟，是在西历一千九百二十三年十一月三十日下午五点多钟，那时候衣袋里只剩两只角子，一块面包要一角三分，实际上我只有七分钱的盈余。要买整盒的香烟，无论什么牌子的，都很为难。当时我便下了一个绝大的决心，在我的寝室里行宣誓礼，拿出烟盒里最后一支香烟，折为两段，誓曰："电灯在上，地板在下，我如再开烟禁，有如此烟！"

当晚口里便觉得油腻腻的难过，翻来覆去地睡不着觉。第二天清早起来，摸摸衣袋，还是那两只角子，不见多也不见少。我便打开衣橱，把我的几套破衣裳烂裤子搗翻出来，每一个口袋里伸手摸一次，探囊取物，居然凑集起来，摸出了两块多钱。可见我平常积蓄有素，此刻便可措置裕如。这两块多钱怎样用呢？除了吃一顿饱饭以外，我还买了一盒三角钱十支的"沙乐美"。（"沙乐美"是一种麝香熏过的香烟名。）我便算是把烟禁开了。开禁的理由是：“昨晚之戒烟，是因受经济的压迫，不是本愿，当然可以原谅。”于是乎第一次戒烟失败。

一年过去了。屋角堆着的空烟盒子，堆到了三四尺高。一天清早，忽然发愿清理，统计之下，这一堆烟盒代表我已吸的烟约有一百三四十元之谱。未免心里有点感慨，想起往常用钱，真好像是一块钱一块钱地挂在肋骨上似的，轻易不肯忍痛摘用。如今吸烟就费如许金钱，真对不起将来的子孙。于是又下决心，实行戒烟，每月积下十元，作为储蓄。这戒烟的时期延长到半个多月。有一天，坐火车，车里面除了几位女太太几个小孩子一只小巴儿狗以外，几乎个个人抽烟，由雪茄以至关东，烟气冲天。这时候，我若不吸烟，可有什么旁的办法？凡事有经有权，我于是乎从权，开禁吸烟。我又于是乎一吸而不可复禁，饭后若不吸烟，喉咙里就好像有一只小手乱抓似的。没法子，第二次戒烟又失败了。

男大当娶，女大当嫁，我侥幸已经到了“大”的时期，并且也居然娶了。闺房之内，约法二章，一不吸烟二不饮酒。阃令森严，无从反抗。于是我又决计戒烟。但是怎样对朋友说呢？这是一个问题。

“老王，你还吸烟否？”

我说：“戒烟了。”

“为什么又戒了？”

我说：“这两天喉咙痛。”

过几天我到朋友家去，桌上香烟火柴都是现成的，我便顺手吸一支。久之，朋友都看出我在外面吸烟，在家就戒烟，议论纷纷。纸里包不住火，我索性宣布了。我当众声明，我现在已然娶了太太，因为要维持应享的娶后的利益起见，决计戒烟，但是为保持我娶前的既得权起见，决计不立刻完全戒烟。枕上会议，议决：实行戒烟，但分两个步骤，第一步是从不买烟入手，第二步才是不吸烟。我如今已经娶了三年，还在第一期戒烟状态之中。若有人把烟送上门来，我当然却之不恭，受之却也无愧。若叫我自己出钱买烟，则戒烟条例具在，碍难实行。所以现在我家里，为款待来宾起见，谨备火柴，纸烟则由来宾自备了。我这一次戒烟，第一步总算成功了。但是吸烟的朋友们，鉴于我目前的成功和往昔的失败，都希望我快开烟禁！

住一楼一底房者的悲哀

此文载第十七期《三民周报》，因为是在编辑《青光》之余作的，故附录于此。

小时候听人说，衣、食、住是人生三大要素。可是小的时候只觉得“吃”是要紧的，只消嘴里有东西嚼，便觉得天地之大，唯我独尊，逍遥自在，万事皆休。稍微长大一点，才觉得身上的衣服，观瞻所系，殊有讲究的必要，渐渐地觉悟一件竹布大褂似乎有些寒碜。后来长大成人，开门立户，进而生儿育女，子孙繁殖，于是“住”的一件事，也成了一件很大的问题。我现在要谈的，就是这成人所感觉的很迫切的“住”的问题。

我住过有前廊后厦、上支下摘的北方的四合房，我也住过江南的窄小湿霉、才可容膝的土房，我也住过繁华世界的不见天日的监牢一般的洋房，但是我们这个“上海特别市”的所谓“一楼一底”

房者，我自从瞻仰，以至下榻，再而至于卜居很久了的今天，我实在不敢说对它有什么好感。

当然，上海这个地方并不会请我来，是我自己愿意来的；上海的所谓“一楼一底”的房东也并不会请我来住，是我自己愿意来住的。所以假若我对于“一楼一底”房有什么不十分恭维的话语，那只是我气闷不过时的一种呻吟，并不是对谁有什么抱怨。

初见面的朋友，常常问我“府上住在哪里”，我立刻会想到我这一楼一底的“府”，好生惭愧。熟识的朋友，若向我说起“府上”，我的下意识就要认为这是一件侮辱了。

一楼一底的房没有孤零零的一所矗立着的，差不多都像鸽子窝似的一大排，一所一所的构造的式样大小，完全一律，就好像从一个模型里铸出来的一般。我顶佩服的就是当初打图样的土著工程师，真能相度地势，节工省料，譬如一垛五分厚的山墙就好两家合用。王公馆的右面一垛山墙，同时就是李公馆的左面的山墙，并且王公馆若是爱好美术，在右面山墙上钉一个铁钉子，挂一张美女月份牌，那么李公馆在挂月份牌的时候，就不必再钉钉子了，因为这边钉一个钉子，那边就自然而然地会钻出一个钉头儿！

房子虽然以一楼一底为限，而两扇大门却是方方正正的，冠冕堂皇，望上去总不像是我所能租赁得起的房子的大门。门上两个铁环是少不得的，并且还是小不得的。因为门环若大，敲起来当然声音就大，敲门而欲其声大，这显然是表示门里面的人离门甚远，而其身份又甚高也。放老实些，门里面的人，比门外的人，离门的距离，相差不多！这门环做得那样大，可有什么道理呢？原来这里面有一点讲究。建筑一楼一底房的人，把砖石灰土看作自己的骨头血肉一般的宝贵，所以两家天井中间的那垛墙只能起半垛，所以空气和附属于空气的种种东西，可以不分畛域地从这一家飞到那一家。门环敲得啪啪响的时候，声浪在周围一二十丈以内的范围，都可以很清晰地播送得到。一家敲门，至少有三家应声“啥人”，至少两家拔闩启锁，至少有五家有人从楼窗中探出头来。

“君子远庖厨”，住一楼一底的人，简直没有方法可以上跻于君子之伦。厨房里杀鸡，我无论躲在哪一个墙角，都可以听得见鸡叫（当然这是极不常有的事），厨房里烹鱼，我可以嗅到鱼腥，厨房里生火，我可以看见一朵一朵乌云似的柴烟在我眼前飞过。自家的庖厨既没法可以远，而隔着半垛墙的人家的庖厨，离我还是差不多的近。人家今天炒什么菜，我先嗅着油味，人家今天淘米，我先听见水声。

厨房之上，楼房之后，有所谓“亭子间”者，住在里面，真可说是冬暖夏热，厨房烧柴的时候，一缕一缕的青烟从地板缝中冉冉上升。亭子间上面又有所谓“晒台”者，名义上是作为晾晒衣服之用，但是实际上是人们乘凉的地方，打牌的地方，还有另搭一间做堆杂物的地方。别看一楼一底，这其间还有不少的曲折。

天热了我不免要犯昼寝的毛病。楼上热烘烘的可以蒸包子，我只好在楼下下榻，假如我的四邻这时候都能够不打架似的说话或说话似的打架，那么我也能居然入睡。猛然间门环响处，来了一位客人，甚而至于来了一位女客，这时节我只得一骨碌爬起来，倒提着鞋，不逃到楼上，就避到厨房。这完全是地理上的关系，不得不尔。

客人有时候腹内积蓄的水分过多，附着我的耳朵唧唧哝哝说要如此如此，这一来我就窘了。朱漆金箍的器皿，搬来搬去，不成体统。我若在小小的天井中间随意用手一指，客人又觉得不惯，并且耳目众多，彼此都窘了。

还有一点苦衷，我忘不了。一楼一底的房，附带着有一个楼梯，这是上下交通唯一的孔道。然而这楼梯的构造，却也别致。上楼的时候，把脚往上提一尺，往前只能进展五寸。下楼的时候，把脚伸出五寸，就可以跌下一尺。吃饭以前，楼上的人要扶着楼杆下来；吃饭以后，楼下的人要捧着肚子上去。穿高跟皮鞋的太太小姐，上下楼只有脚尖能够踏在楼梯板上。

话又说回来了。一楼一底即或有天大的不好，你度德量力，一时还是不能乔迁。所以，一楼一底的房多少是有一点慈善性质的。

旅行

我们中国人是最怕旅行的一个民族。闹饥荒的时候都不肯轻易逃荒，宁愿在家乡吃青草啃树皮吞观音土，生怕离乡背井之后，在旅行中流为饿殍，失掉最后的权益——寿终正寝。至于席丰履厚的人更不愿轻举妄动，墙上挂一张图画，看看就可以当“卧游”，所谓“一动不如一静”。说穿了，“太阳下没有新鲜事物”。号称山川形胜，还不是几堆石头一汪子水？我记得做小学生的时候，郊外踏青，是一桩心跳的事，多早就筹备，起个大早，排成队伍，擎着校旗，鼓乐前导，事后下星期还得作一篇《远足记》，才算功德圆满。旅行一次是如此的庄严！我的外祖母，一生住在杭州城内，八十多岁，没有逛过一次西湖，最后总算去了一次，但是自己不能行走，抬到了西湖，就没有再回来——葬在湖边山上。

古人云，“一生能着几两屐？”这是劝人及时行乐，莫怕多费几双鞋。但是旅行果然是一桩乐事吗？其中是否含着有多少苦恼的成分呢?

出门要带行李，那一个几十斤重的五花大绑的铺盖卷儿便是旅行者的第一道难关。要捆得紧，要捆得俏，要四四方方，要见棱见角，与稀松露馅的大包袱要迥异其趣，这已经就不是一个手无缚鸡之力的人所能胜任的了。关卡上偏有好奇人要打开看看，看完之后便很难得再复原。“乘兴而来，兴尽而返。”很多人在打完铺盖卷儿之后就觉得游兴已尽了。在某些国度里，旅行是不需要携带铺盖的，好像凡是有床的地方就有被褥，有被褥的地方就有随时洗换的被单——旅客可以无牵无挂，不必像蜗牛似的顶着安身的家伙走路。携带铺盖究竟还容易办得到，但是没听说过带着床旅行的，天下的床很少没有臭虫设备的。我很怀疑一个人于整夜输血之后，第二天还有多少精神游山逛水。我有一个朋友发明了一种服装，按着他的头躯四肢的尺寸做了一件天衣无缝的睡衣，人钻在睡衣里面，只留眼前两个窟窿，和外界完全隔绝——只是那样子有些像是，夜晚出来曾经几乎吓死一个人!

原始的交通工具，并不足为旅客之苦。我觉得“滑竿”“架子车”都比飞机有趣。“御风而行，泠然善也”，那是神仙生涯。在尘世旅行，还是以脚能着地为原则。我们要看朵朵的白云，但并不想在云隙里钻出钻进；我们要“横看成岭侧成峰，远近高低各不同”，但并不想把世界缩小成假山石一般玩物似的来欣赏。我惋惜弥尔顿所称述的中土有“挂帆之车”尚不曾坐过。交通工具之原始不是病，病在于舟车之不易得，车夫舟子之不易缠，“衣帽自看”

固不待言，还要提防青纱帐起。刘伶“死便埋我”，也不是准备横死。

旅行虽然夹杂着苦恼，究竟有很大的乐趣在。旅行是一种逃避——逃避人间的丑恶。“大隐藏人海”，我们不是大隐，在人海里藏不住。岂但人海里安不得身，在家园也不容易遁迹。成年的圈在四合房里，不必仰屋就要兴叹；成年地看着家里的那一张脸，不必牛衣也要对泣。家里面所能看见的那一块青天，只有那么一大块。取之不尽用之不竭的清风明月，在家里都不能充分享用，要放风筝需要举着竹竿爬上房脊，要看日升月落需要左右邻居没有遮拦。走在街上，熙熙攘攘，磕头碰脑的不是人面兽，就是可怜虫。在这种情形之下，我们虽无勇气披发入山，至少为什么不带着一把牙刷捆起铺盖出去旅行几天呢？在旅行中，少不了风吹雨打，然后倦飞知还，觉得“在家千日好，出门一时难”，这样便可以把那不可容忍的家变成为暂时可以容忍的了。下次忍耐不住的时候，再出去旅行一次。如此地折腾几回，这一生也就差不多了。

旅行中没有不感觉枯寂的，枯寂也是一种趣味。黑兹利特主张在旅行时不要伴侣，因为，“如果你说路那边的一片豆田有股香味，你的伴侣也许闻不见。如果你指着远处的一件东西，你的伴侣也许是近视的，还得戴上眼镜看。”一个不合意的伴侣，当然是累赘。但是人是个奇怪的动物，人太多了嫌闹，没人陪着嫌闷；耳边嘈杂怕吵，整天咕嘟着嘴又怕口臭。旅行是享受清福的时候，但是也还想拉上个伴。只有神仙和野兽才受得住孤独。在社会里我们觉得面目可憎语言无味的人居多，避之唯恐或晚，在大自然里又觉得人与人之间是亲切的。到美国落基山上旅行过的人告诉我，在山上若是遇见另一个旅客，不分男女老幼，一律脱帽招呼，寒暄一两句。这是很有意味的一个习惯。大概只有在旷野里我们才容易感觉到人与人是属于一门一类的动物，平常我们太注意人与人的差别了。

真正理想的伴侣是不易得的，客厅里的好朋友不见得即是旅行的好伴侣。理想的伴侣须具备许多条件，不能太脏，如嵇叔夜“头面常一月十五日不洗，不太闷痒不能沐”，也不能有洁癖，什么东西都要用火酒揩；不能如泥塑木雕，如死鱼之不张嘴，也不能终日喋喋不休，整夜鼾声不已；不能油头滑脑，也不能蠢头呆脑。要有说有笑，有动有静，静时能一声不响地陪着你看行云、听夜雨，动时能在草地上打滚像一条活鱼！这样的伴侣哪里去找？

胖

罗马的恺撒大帝，看见那面如削瓜的卡西乌斯，偷偷摸摸的，神头鬼脸的，逡巡而去，便太息说：“我愿在我面前盘旋的都是些胖子，头发梳得光光的，到夜晚睡得着觉的人。那个卡西乌斯有瘦削而恶狠的样子，他心眼儿太多了；这种人是危险的。”这是文学上有名的对胖子的歌颂。和胖子在一起，好像是安全，软和和的，碰一下也不要紧，和瘦子在一起便有不同的感觉，看那瘦骨嶙峋的样子，好像是磕碰不得，如果碰上去，硬碰硬，彼此都不好受。恺撒大帝的性命与事业，到头来败于卡西乌斯之手，这几句倒好像是有先见之明。

胖子大部分脾气好，这其间并无因果关系。胖子之所以胖，一定是吃得饱睡得着之故。胖子一定好吃，不好吃如何能“催肥”？胖子从来没有在床上辗转反侧的，纵然意欲胡思乱想也没有时间，头一着枕便鼾声大作了。所谓“心广体胖”，应该说，心广则万事不挂心头，则吃得饱，则睡得着，则体胖，同时脾气好。

胖子也有心眼窄的。我就认识一位胖子，很胖的胖子，人皆以“胖子”呼之。他虽不正式承认，但有时一呼即应，显然是默认的。“胖子”的称呼并不是侮辱的性质，多少带有一点亲热欢喜微加一点调侃的意味。我们对盲者不好称之为瞎子，对跛者不好称之为“瘸子”，对瘦者不好称之为“排骨”，唯独对胖子，则不妨直截了当地称之为胖子，普通的胖子均不以胖为忤。有一天我和我的很胖的胖子朋友说：“你的照片有商业价值，可以做广告用。”他说：“给什么东西做广告呢？”我说：“婴儿药片。”他怫然色变，从此很少理我。

年事渐长的人，工作日繁而运动愈少，于是身体上便开始囤积脂肪，而腹部自然地要渐渐呈锅形，腰带上针孔要嫌其不敷用。终日鼓腹而游，才一走动便气咻咻。然对于这样的人我渐渐地抱有同情了。一个人随身永远携带着一二十斤板油，负担当然不小，天热时要融化，天冷时怕凝冻，实在很苦。若遇上饥荒的年头，当然是瘦子先饿死，胖子身上的脂肪可以发挥驼峰的作用慢慢地消受。不过正常的人也未必就有这种饥荒心理。

胖瘦与妍媸有关，尤其是女人们一到中年便要发福，最需要加以调理。或用饿饭法，尽量少吃，或用压缩法，用钢条橡皮制成的腰箍，加以坚韧的绳子细细地绷捆，仿佛做素火腿的方法，硬把浮膘压紧，有人满地打滚，翻筋斗，竖蜻蜓，虾米弯腰，鲤鱼打挺，企求减削一点体重。男人们比较放肆一些，传统的看法还以为胖不是毛病。《世说新语》记载的王羲之坦腹东床的故事，虽未说明王逸少的腹围尺码，我想凡是值得一坦的肚子大概不会太小，总不会是稀松干瘪的。

听说南部有报纸副刊记载我买皮带系腰的故事，颇劳一些友人以此见询。在台湾买皮带确是相当困难。我在原有皮带长度不敷应用的时候，想再买一根颇不易得，不知道是否由于这地方太阳晒得太凶，体内水分发挥太快的缘故，本地的胖子似乎比较少见。我尚不够跻身于胖子之林。但因为我向不会作诗，“饭颗山头逢杜甫”的情形是决不会有的，而且周伯仁“清虚日来，滓秽日去”的功夫也还没有做到，所以竟为一根皮带感到困惑，倒是确有其事。不过情势尚不能算为恶劣。像弗尔斯塔夫那样，自从青春以后就没有看见过自己的脚趾，一跌倒就需要起重机，我一向是引为鉴戒的。

穷

人生下来就是穷的，除了带来一口奶之外，赤条条的，一无所有，谁手里也没有握着两个钱。再稍稍长大一点，阶级渐渐显露，有的是金枝玉叶，有的是“杂和面口袋”。但是就大体而论，还是泥巴里打滚、袖口上抹鼻涕的居多。儿童玩具本是少得可怜，而大概其中总还免不了一具“扑满”，瓦做的，像是陶器时代的出品，大的小的挂绿釉的都有，间或也有形如保险箱，有铁制的。这种玩具的用意就是警告孩子们，有钱要积蓄起来，免得在饥荒的时候受穷，穷的阴影在这时候就已罩住了我们！好容易过年赚来几块压岁钱，都被骗弄丢在里面了，丢进去就后悔，想从缝里倒出来是万难，用小刀拨也是枉然。积蓄是稍微有一点，穷还是穷。而且事实证明，凡是积在扑满里的钱，除了自己早早下手摔破的以外，大概后来就不知怎样就没有了，很少能在日后发生什么救苦救难的功效。等到再稍稍长大一点，用钱的欲望更大，看见什么都要流涎，手里偏偏是空空如也，那时候真想来一个十月革命。就是富家子也是一样，尽管是绮襦纨绔，他还是恨继承开始太晚。这时候他最感觉穷，虽然他还没认识穷。人在成年之后，开始面对着糊口问题，不但糊自己的口，还要糊附属人员的口。如果脸皮欠厚心地欠薄，再加上祖上是“忠厚传家诗书继世”的话，他这一生就休想能离开穷的掌握。人的一生，就是和穷挣扎的历史。和穷挣扎一生，无论胜利或失败，都是惨。能不和穷挣扎，或于挣扎之余还有点闲工夫做些别的事，那人是有福了。

所谓穷，也是比较而言。有人天天喊穷，不是今天透支，就是明天举债，数目大得都惊人，然后指着身上衣服的一块补丁或是皮鞋上的一条小小裂缝作为他穷的铁证。这是寓阔于穷，文章中的反衬法。也有人量入为出，温饱无虞，可是又担心他的孩子将来自费留学的经费没有着落，于是于自我麻醉中陷入于穷的心理状态。若是西装裤的后方越磨越薄，由薄而破，由破而织，由织而补上一大块布，细针密缝，老远地看上去像是一个圆圆的箭靶，（说也奇怪，人穷是先从裤子破起！）那么，这个人可是真有些近于穷了。但是也不然，穷无止境。“大雪纷纷落，我睡柴火垛，看你们穷人怎么过！”穷人眼里还有更穷的人。

穷也有好处。在优裕环境里生活着的人，外加的装饰与铺排太多，可以把他的本来面目掩没无遗，不但别人认不清他真的面目，往往对他发生误会（多半往好的方面误会），就是自己也容易忘记自己是谁。穷人则不然，他的褴褛的衣裳等于是开着许多窗户，可以令人窥见他的内容，他的荜门蓬户，尽管是穷气冒三尺，却容易令人发现里面有一个人。人越穷，越靠他本身的成色，其中毫无夹带藏掖。人穷还可落个清闲，既少“车马驻江干”，更不会有人来求谋事，讣闻请柬都不会常常上门，他的时间是他自己的。穷人的心是赤裸的，和别的穷人之间没有隔阂，所以穷人才最慷慨。金错囊中所余无几，买房置地都不够，反正是吃不饱饿不死，落得来个爽快，求片刻的快意，此之谓“穷大手”。我们看见过富家弟兄析产的时候把一张八仙桌子劈开成两半，不曾看见两个穷人抢食半盂残羹剩饭。

穷时受人白眼是件常事，狗不也是专爱对着鹑衣百结的人汪汪吗？人穷则颈易缩，肩易耸，头易垂，须发许是特别长得快，擦着墙边逡巡而过，不是贼也像是贼。以这种姿态出现，到处受窘。所以人穷则往往自然地有一种抵抗力出现，是名曰：酸。穷一经酸化，便不复是怕见人的东西。别看我衣履不整，我本来不以衣履见长！人和衣服架子本来是应该有分别的，别看我囊中羞涩，我有所不取；别看我落魄无聊，我有所不为。这样一想，一股浩然之气火辣辣地从丹田升起，腰板自然挺直，胸膛自然凸出，徘徊啸傲，无往不宜。在别人的眼里，他是一块茅厕砖——臭而且硬，可是，人穷而不志短者以此，布衣之士而可以傲王侯者亦以此，所以穷酸亦不可厚非，他不得不如此，穷若没有酸支持着，它不能持久。

扬雄有逐贫之赋，韩愈有送穷之文，理直气壮地要与贫穷绝缘，反倒被穷鬼说服，改容谢过肃之上座，这也是酸极一种变化。

贫而能逐，穷而能送，何乐而不为？逐也逐不掉，送也送不走，只好硬着头皮甘与穷鬼为伍。穷不是罪过，但也究竟不是美德，值不得夸耀，更不足以傲人。典型的穷人该是颜回，一箪食，一瓢饮，在陋巷，不改其乐。不改其乐当然是很好，箪食瓢饮究竟不大好，营养不足，所以颜回活到三十二岁短命死矣。孔子所说“饭疏食饮水，曲肱而枕之，乐亦在其中矣”，譬喻则可，当真如此就嫌其不大卫生。

洗澡

谁没有洗过澡！生下来第三天，就有“洗儿会”，热腾腾的一盆香汤，还有果子彩钱，亲朋围绕着看你洗澡。“洗三”的滋味如何，没有人能够记得。被杨贵妃用锦绣大襁褓裹起来的安禄山也许能体会一点点“洗三”的滋味，不过我想当时禄儿必定别有心事在。

稍为长大一点，被母亲按在盆里洗澡永远是终身不忘的经验。越怕肥皂水流进眼里，肥皂水越爱往眼角里钻，胳肢窝怕痒，两肋也怕痒，脖子底下尤其怕痒，如果咯咯大笑把身子弄成扭股糖似的，就会顺手一巴掌没头没脸地拍了下来，有时候还真有一点痛。

成年之后，应该知道澡雪垢滓乃人生一乐，但亦不尽然。我读中学的时候，学校有洗澡的设备，虽是因陋就简，冷热水却甚充分。但是学校仍须严格规定，至少每三天必须洗澡一次。这规定比起汉律“吏五日得一休沐”意义大不相同。五日一休沐，是放假一天，沐不沐还不是在你自己。学校规定三日一洗澡是强迫性的，而且还有惩罚的办法，洗澡室备有签到簿，三次不洗澡者公布名单，仍不悛悔者则指定时间派员监视强制执行。以我所知，不洗澡而签名者大有人在，俨如伪造文书，从未见有名单公布，更未见有人在众目睽睽之下袒裼裸裎，法令徒成具文。

我们中国人一向是把洗澡当作一件大事的，自古就有沐浴而朝、斋戒沐浴以祀上帝的说法。曾点的生平快事是“浴乎沂”。唯因其为大事，似乎未能视为日常生活的一部分。到了唐朝，还有人“居丧毁慕，三年不澡沐”。晋朝的王猛扪虱而谈，更是经常不洗澡的明证。白居易诗“今朝一澡濯，衰瘦颇有余”，洗一回澡居然有诗以纪之的价值。

旧式人家，尽管是深宅大院，很少有特辟浴室的。一只大木盆，能蹲踞其中，把浴汤泼溅满地，便可以称心如意了。在北平，街上有的是“金鸡未唱汤先热，红日东升客满堂”的澡堂，也有所谓高级一些的如“西升平”，但是很多人都不敢问津，倒不一定是如米芾之“好洁成癖至不与人同巾器”，也不是怕进去被人偷走了裤子，实在是因为医药费用太大。“早晨皮包水，晚上水包皮”，怕的是水不仅包皮，还可能有点什么东西进入皮里面去。明知道有些城市的澡堂里面可以搓澡、敲背、捏足、修脚、理发、吃东西、高枕而眠，甚而至于不仅是高枕而眠，一律都非常方便，有些胆小的人还是望望然去之，宁可回到家里去蹲踞在那一只大木盆里将就将就。

近代的家庭洗澡间当然是令人称便，可惜颇有“西化”之嫌，非我国之所固有。不过我们也无须过于自馁，西洋人之早雨浴晚雨浴一天潨洗两回，也只是很晚近的事。罗马皇帝喀拉凯拉之广造宏丽的公共浴室，容纳一万六千人同时入浴，那只是历史上的美谈。那些浴室早已由于蛮人入侵而沦为废墟。早期基督教的禁欲趋向又把沐浴的美德破坏无遗。在中古期间的僧侣，是不大注意他们的肉体上的清洁的。“与其澡于水，宁澡于德”（傅玄《澡盘铭》），大概是他们所信奉的道理。欧洲近代的修女学校还留有一些中古遗风，女生们隔两个星期才能洗澡一次，而且在洗的时候还要携带一件长达膝部以下的长袍作为浴衣，脱衣服的时候还有一套特殊技术，不可使自己看到自己的身体！英国维多利亚时代之“星期六晚的洗澡”是一般人民经常有的生活项目之一。平常的日子大概都是“不宜沐浴”。

我国的佛教僧侣也有关于沐浴的规定，请看《百丈清规·六》：“展浴袱取出浴具于一边，解上衣，未卸直裰，先脱下面裙裳，以脚布围身，方可系浴裙，将裈裤卷折纳袱内。”虽未明言隔多久洗一次，看那脱衣层次规定之严，其用心与中古基督教会殆异趣同工。

在某些情形之下裸体运动是有其必要的，洗澡即其一也。在短短一段时间内，在一个适当的地方，即使于洗濯之余观赏一下原来属于自己的肉体，亦无伤大雅。若说赤身裸体便是邪恶，那么衣冠禽兽又好在哪里？

《礼·儒行》云：“儒有澡身而裕德。”我看人的身与心应该都保持清洁，而且并行不悖。

睡

我们每天睡眠八小时，便占去一天的三分之一，一生之中三分之一的时间于“一枕黑甜”之中度过，睡不能不算是人生一件大事。可是人在筋骨疲劳之后，眼皮一垂，枕中自有乾坤，其事乃如食色一般的自然，好像是不需措意。

豪杰之士有“闻午夜荒鸡起舞”者，说起来令人神往，但是五代时之陈希夷，居然隐于睡，据说“小则亘月，大则几年，方一觉”，没有人疑其为有睡病，而且传为美谈。这样的大量睡眠，非常人之所能。我们的传统的看法，大抵是不鼓励人多睡觉。昼寝的人早已被孔老夫子斥为不可造就，使得我们居住在亚热带的人午后小憩（西班牙人所谓“siesta”）时内心不免惭愧。后汉时有一位边孝先，也是为了睡觉受他的弟子们的嘲笑，“边孝先，腹便便，懒读书，但欲眠”。佛说在家戒法，特别指出“贪睡眠乐”为“精进波罗蜜”之一障。大盖倒头便睡，等着太阳晒屁股，其事甚易，而掀起被衾，跳出软暖，至少在肉体上作“顶天立地”状，其事较难。

其实睡眠还是需要适量。我看倒是睡眠不足为害较大。“睡眠是自然的第二道菜”，亦即最丰盛的主菜之谓。多少身心的疲惫都在一阵“装死”之中涤除净尽。车祸的发生时常因为驾车的人在打瞌睡。衙门机构一些人员之一张铁青的脸，傲气凌人，也往往是由于睡眠不足，头昏脑涨，一肚皮的怨气无处发泄，如何能在脸上绽出人类所特有的笑容？至于在高位者，他们的睡眠更为重要，一夜失眠，不知要造成多少纰漏。

睡眠是自然的安排，而我们往往不能享受。以“天知地知我知子知”闻名的杨震，我想他睡觉没有困难，至少不会失眠，因为他光明磊落。心有恐惧，心有挂碍，心有忮求，倒下去只好辗转反侧，人尚未死而已先不能瞑目。《庄子》所谓“至人无梦”，《楞严经》所谓“梦想消灭，寝寤恒一”，都是说心里本来平安，睡时也自然踏实。劳苦分子，生活简单，日入而息，日出而作，不容易失眠。听说有许多治疗失眠的偏方，或教人计算数目字，或教人想象中描绘人体轮廓，其用意无非是要人收敛他的颠倒妄想，忘怀一切，但不知有多少实效。愈失眠愈焦急，愈焦急愈失眠，恶性循环，只好瞪着大眼睛，不觉东方之既白。

睡眠不能无床。古人席地而坐卧，我由“榻榻米”体验之，觉得不是滋味。后来北方的土炕、砖炕，即较胜一筹。近代之床，实为一大进步。床宜大，不宜小。今之所谓双人床，阔不过四五尺，仅足供单人翻覆，还说什么“被底鸳鸯”？

莎士比亚《第十二夜》提到一张大床，英国，地方某旅舍有大床，七尺六寸高，十尺九寸长，十尺九寸阔，雕刻甚工，可睡十二人云。尺寸足够大了，但是睡上一打，其去沙丁鱼也几希，并不令人羡慕。讲到规模，还是要推我们上国的衣冠文物。我家在北平即藏有一旧床，杭州制，竹篾为绷，宽九尺余，深六尺余，床架高八尺，三面隔扇，下面左右床柜，俨然一间小屋，最可人处是床里横放架板一条，图书，盖碗，桌灯，四干四鲜，均可陈列其上，助我枕上之功。洋人的弹簧床，睡上去如落在棉花堆里，冬日犹可，夏日燠不可当。而且洋人的那种铺被的方法，将身体放在两层被单之间，把毯子裹在床垫之上，一翻身肩膀透风，一伸腿脚趾戳被，并不舒服。佛家的八戒，其中之一是“不坐高广大床”，和我的理想正好相反，我至今还想念我老家里的那张高广大床。

睡觉的姿态人各不同，亦无长久保持“睡如弓”的姿态之可能与必要。王右军那样的东床坦腹，不失为潇洒。即使佝偻着，如死蚯蚓，匍匐着，如癞蛤蟆，也不干谁的事。北方有些地方的人士，无论严寒酷暑，入睡时必脱得一丝不挂，在被窝之内实行天体运动，亦无伤风化。唯有鼾声雷鸣，最使不得。宋张端义《贵耳集》载一条奇闻：“刘垂范往见羽士寇朝，其徒告以睡。刘坐寝外闻鼻鼾之声，雄美可听，曰：‘寇先生睡有乐，乃华胥调。’”所谓“华胥调”见陈希夷故事，据《仙佛奇踪》：“陈抟居华山，有一客过访，适值其睡。旁有一异人，听其息声，以墨笔记之。客怪而问之，其人曰，‘此先生华胥调混沌谱也。’”华胥氏之国不曾游过，华胥调当然亦无从欣赏，若以鼾声而论，我所能辨识出来的谱调顶多是近于“爵士新声”，其中可能真有“雄美可听”者。不过睡还是以不奏乐为宜。

睡也可以是一种逃避现实的手段。在这个世界活得不耐烦而又不肯自行退休的人，大可以掉头而去，高枕而眠，或竟曲肱而枕，眼前一黑，看不惯的事和看不入眼的人都可以暂时撇在一边，像鸵鸟一般，眼不见为净。明陈继儒《珍珠船》记载着，“徐光溥为相，喜论事，大为李旻等所嫉。光溥后不言，每聚议，但假寐而已，时号‘睡相’。”一个做到首相地位的人，开会不说话，一味假寐，真是懂得明哲保身之道，比危行言逊还要更进一步。这种功夫现代似乎尚未失传。

北平的街道

“无风三尺土，有雨一街泥”，这是北平街道的写照。也有人说，下雨时像大墨盒，刮风时像大香炉，亦形容尽致。像这样的地方，还值得去想念么？不知道为什么，我时常忆起北平街道的景象。

北平苦旱，街道又修得不够好，大风一起，迎面而来，又黑又黄的尘土兜头洒下，顺着脖梗子往下灌，牙缝里会积存沙土，咯吱咯吱的响，有时候还夹杂着小碎石子，打在脸上挺痛，迷眼睛更是常事，这滋味不好受。下雨的时候，大街上有时候积水没膝，有一回洋车打天秤，曾经淹死过人，小胡同里到处是大泥塘，走路得靠墙，还要留心泥水溅个满脸花。我小时候每天穿行大街小巷上学下学，深以为苦，长辈告诫我说，不可抱怨，从前的道路不是这样子，甬路高与檐齐，上面是深刻的车辙，那才令人视为畏途。这样退一步想，当然痛快一些。事实上，我也赶上了一部分的当年交通困难的盛况。我小时候坐轿车出前门是一桩盛事，走到棋盘街，照例是“插车”，壅塞难行，前呼后骂，等得心焦，常常要一小时以上才有松动的现象。最难堪的是这一带路上铺厚石板，年久磨损露出很宽很深的缝隙，真是豁牙露齿，骡车马车行走其间，车轮陷入缝隙，左一歪右一倒，就在这一步一倒之际脑袋上会碰出核桃大的包左右各一个。这种情形后来改良了，前门城洞由一个变四个，路也拓宽，石板也取消了，更不知是什么人作一大发明，“靠左边走”。

北平城是方方正正的坐北朝南，除了为象征“天塌西北地陷东南”缺了两角之外没有什么不规则形状，因此街道也就显著横平竖直四平八稳。东四西四东单西单，四个牌楼把据四个中心点，巷弄栉比鳞次，历历可数。到了北平不容易迷途者以此。从前皇城未拆，从东城到西城需要绕过后门，现在打通了一条大路，经北海团城而金鳌玉蛛，雕栏玉砌，风景如画，是北平城里最漂亮的道路。向晚驱车过桥，左右目不暇接。城外还有一条极有风致的路，便是由西直门通到海淀的那条马路，夹路是高可数丈的垂杨柳，一棵挨着一棵，夏秋之季，蝉鸣不已，柳丝飘拂，夕阳西下，景色幽绝。我小时读书清华园，每星期往返这条道上，前后八年，有时骑驴，有时乘车，这条路给我的印象太深了。

北平街道的名字，大部分都有风趣，宽的名“宽街”，窄的叫“夹道”，斜的叫“斜街”，短的有“一尺大街”，方的有“棋盘街”，曲折的有“八道湾”“九道湾”，新辟的叫“新开路”，狭隘的叫“小街子”，低下的叫“下洼子”，细长的叫“豆芽菜胡同”。有许多因历史沿革的关系意义已经失去，例如，“琉璃厂”已不再烧琉璃瓦而变成书业集中地，“肉市”已不卖肉，“米市胡同”已不卖米，“煤市街”已不卖煤，“鹁鸽市”已无鹁鸽，“缸瓦厂”已无缸瓦，“米粮库”已无粮库。更有些路名称稍嫌俚俗，其实俚俗也有俚俗的风味，不知哪位缙绅大人自命风雅，擅自改为雅驯一些名字，例如，“豆腐巷”改为“多福巷”，“小脚胡同”改为“晓教胡同”，“劈柴胡同”改为“辟才胡同”，“羊尾巴胡同”改为“羊宜宾胡同”，“裤子胡同”改为“库资胡同”，“眼乐胡同”改为“演乐胡同”，“王寡妇斜街”改为“王广福斜街”。民初警察厅有一位刘勃安先生，写得一手好魏碑，搪瓷制的大街小巷的名牌全是此君之手笔。幸而北平尚没有纪念富商显要以人名为路名的那种作风。

北平，不比十里洋场，人民的心理比较保守，沾染的洋习较少较慢。东交民巷是特殊区城，里面的马路特别平，里面的路灯特别亮，里面的楼房特别高，里面打扫得特别干净，但是望洋兴叹与鬼为邻的北平人却能视若无睹，见怪不怪。北平人并不对这一块自感优越的地方投以艳羡眼光，只有二毛子准洋鬼子才直眉瞪眼地往里面钻。地道的北平人，提着笼子架着鸟，宁可到城根儿去溜达，也不肯轻易踱进那一块瞧着令人生气的地方。

北平没有逛街之一说。一般说来，街上没有什么可逛的。一般的铺子没有窗橱，因为殷实的商家都讲究“良贾深藏若虚”，好东西不能摆在外面，而且买东西都讲究到一定的地方去，用不着在街上浪荡。要散步么，到公园北海太庙景山去。如果在路上闲逛，当心车撞，当心泥塘，当心踩一脚屎！要消磨时间么，上下三六九等，各有去处，在街上溜馊腿最不是办法。当然，北平也有北平的市景，闲来无事偶然到街头看看，热闹之中带着悠闲也蛮有趣。有购书癖的人，到了琉璃厂，从厂东门到厂西门可以消磨整个半天，单是那些匾额招牌就够欣赏许久，一家书铺挨着一家书铺，掌柜的肃客进入后柜，翻看各种图书版本，那真是一种享受。

北平的市容，在进步，也在退步。进步的是物质建设，诸如马路、行人道的拓宽与铺平，退步的是北平特有的情调与气氛逐渐消失褪色了。天下一切事物没有不变的，北平岂能例外？

北平年景

过年须要在家乡里才有味道。羁旅凄凉，到了年下只有长吁短叹的份儿，还能有半点欢乐的心情？而所谓家，至少要有老小二代，若是上无双亲，下无儿女，只剩下伉俪一对，大眼瞪小眼，相敬如宾，还能制造什么过年的气氛？北平远在天边，徒萦梦想，童时过年风景，尚可回忆一二。

祭灶过后，年关在迩。家家忙着把锡香炉、锡蜡签、锡果盘、锡茶托，从蛛网尘封的箱子里取出来，作一年一度的大擦洗。宫灯、纱灯、牛角灯，一齐出笼。年货也是要及早备办的，这包括厨房里用的干货，拜神祭祖用的苹果、干果等等，屋里供养的牡丹、水仙，孩子们吃的粗细杂拌儿。蜜供是早就在白云观订制好了的，到时候用纸糊的大筐篓一碗一碗地装着送上门来。家中大小，出出进进，如中疯魔。主妇当然更有额外负担，要给大家制备新衣、新鞋、新袜、大衫，尽管是布鞋、布袜、布大衫，总要上下一新。

祭祖先是过年的高潮之一。祖先的影像悬挂在厅堂之上，都是七老八十的，有的撇嘴微笑，有的金刚怒目，在香烟缭绕之中，享用蒸禋。这时节孝子贤孙叩头如捣蒜，其实亦不知所为何来，慎终追远的意思不能说没有，不过大家忙的是上供。拈香、点烛、磕头，紧接着是撤供，围着吃年夜饭，来不及慎终追远。

吃是过年的主要节目。年菜是标准化了的，家家一律。人口旺的人家要进全猪，连下水带猪头，分别处理下咽。一锅纯肉，加上蘑菇是一碗，加上粉丝又是一碗，加上山药又是一碗，大盆的芥末墩儿、鱼冻儿、肉皮辣酱，成缸的大腌白菜、芥菜疙瘩——管够。初一不动刀，初五以前不开市，年菜非囤积不可，结果是年菜等于剩菜，吃倒了胃口而后已。

“好吃不过饺子，舒服不过倒着。”这是乡下人说的话。北平人称饺子为“煮饽饽”，城里人也把煮饽饽当作好东西，除了除夕消夜不可少的一顿之外，从初一至少到初三，顿顿煮饽饽，直把人吃得头昏脑涨。这种疲劳填充的方法颇有道理，可以使你长期地不敢再对煮饽饽妄动食指，直等到你淡忘之后明年再说。除夕消夜的那一顿，还有考究，其中一只要放进一块银币，谁吃到那一只主交好运。家里有老祖母的，年年是她老人家幸运地一口咬到。谁都知道其中做了手脚，谁都心里有数。

孩子们须要循规蹈矩，否则便成了野孩子，唯有到了过年时节可以沐恩解禁，任意地做孩子状。除夕之夜，院里洒满了芝麻秸儿，孩子们践踏得咯吱咯吱响是为“踩岁”。闹得精疲力竭，睡前给大人请安，是为“辞岁”。大人摸出点什么作为赏赉，是为“压岁”。

新正是一年复始，不准说丧气话，见面要道一声“新禧”。房梁上有“对我生财”的横批，柱子上有“一入新春万事如意”的直条，天棚上有“紫气东来”的斗方，大门上有“国恩家庆人寿年丰”的对联。墙上本来不大干净的，还可以贴上几张年画，什么“招财进宝”“肥猪拱门”，都可以收补壁之效。自己心中想要获得的，写出来画出来贴在墙上，俯仰之间仿佛如意算盘业已实现了！

好好的人家没有赌博的。打麻将应该到八大胡同去，在那里有上好的骨牌、硬木的牌桌，还有佳丽环列。但是过年则几乎家家开赌，推牌九、状元红，呼幺喝六，老少咸宜。赌禁的开放可以延长到元宵，这是唯一的家庭娱乐。孩子们玩花炮是没有腻的。九隆斋的大花盒，七层的、九层的，花样翻新，直把孩子看得瞪眼咋舌。“冲天炮”“二踢脚”“太平花”“飞天七响”“炮打襄阳”，还有我们自以为值得骄傲的可与火箭媲美的“旗火”，从除夕到天亮彻夜不绝。

街上除了油盐店门上留个小窟窿外，商店都上板，里面常是锣鼓齐鸣，狂擂乱敲，无板无眼，据说是伙计们在那里发泄积攒一年的怨气。大姑娘小媳妇擦脂抹粉的全出动了，三河县的老妈儿都在头上插一朵颤巍巍的红绒花。凡是有大姑娘小媳妇出动的地方，就有更多的毛头小伙子乱钻乱挤。于是厂甸挤得水泄不通，海王村里除了几个露天茶座坐着几个直流鼻涕的小孩之外并没有什么可看，但是入门处能挤死人！火神庙里的古玩、玉器摊，土地祠里的书摊、画棚，看热闹的多，买东西的少。赶着天晴雪霁，满街泥泞，凉风一吹，又滴水成冰，人们在冰雪中打滚，甘之如饴。“喝豆汁儿，就咸菜儿，琉璃喇叭大沙雁儿”，对于大家还是有足够的诱惑。此外如财神庙、白云观、雍和宫，都是人挤人、人看人的局面，去一趟把鼻子耳朵冻得通红。

新年狂欢拖到十五。但是我记得有一年提前结束了几天，那便是民国元年，阴历的正月十二日。在普天同庆声中，中华民国第一任大总统袁世凯先生唆使北军第三镇曹锟驻禄米仓部队哗变，掠劫平津商民两天。这开国后第一个惊人的年景使我到如今不能忘怀。

理想的『饭碗』

理想的“饭碗”

前代青年人的快心事是：“洞房花烛夜，金榜挂名时。”现代青年人的快心事是：不用多大的学问而找到一个理想的“饭碗”。有人以为这不是一件易事。其实也并不难。这如同找理想的配偶或任何理想物一样，“踏破铁鞋无觅处，得来全不费工夫”。距离舍下不远的地方，就有好几个理想的“饭碗”出张所。

所里的先生们虽没有多大的学问，可也没有艄公们作揖打躬，颠头簸脑那样卖力，也没有堂倌们不出大门，日行千里那样辛苦，又不必像医师们起半夜，睡五更，更不必像律师们那样劳心苦虑，舌敝唇焦。他们不过一举手一移步之劳，就有人拿白花花的银币送上门来。休息的时间也很频数，若和每小时休息十分钟的课堂生活比较起来，有过之而无不及，确实合乎理想的卫生条件。

他们的职业环境——无论是物质的或是精神的——也不错。夏有电扇，冬有暖炉，坐有软垫，看有报纸；没事的时候，抽抽烟卷，看看马路，听听鸟语，嗅嗅花香，在红尘十丈之中，也算一个清凉的世界。和他们往来的人物中，有美人，有英雌，有哲人，有博士。对于美人与英雌，他们虽仔细端详，饱餐秀色，却没人拿问他们侮辱女性之罪，对于哲人与博士，他们也不妨施行五权宪法中之一权，寻些题目，口试一番。若是答案不满意，或态度骄矜，语言无味，他们会举起双拳，把被试者结结实实教训一顿。被试者若吃不住这一顿拳头，至多也不过请求罢手，断不至有还拳的轻举妄动。所以捧这个饭碗的人，精神上也是愉快非常，若能捧上十年，定可延寿一纪。

他们的收入，与所长（也就是所主）四六分摊。食，住，有时衣之一部分，由所长供给。所长富于德谟克拉西精神，与所员平等合作，兄弟相称。所员们的待遇一律平等，就是所长的干哥或所长夫人的介弟，也别无优待条件。他们的贵业从未演过罢工流血的风潮，也不至于演中华书局最近演的那一幕。偶尔有人失业，也不难独立营生，或简直独树一帜，自立为所长。总而言之，这个饭碗充满了家庭工业时代的一切优点，毫不沾染工业革命的一切弊害。

据说，拣这饭碗的人都是优秀分子，虽然没有多大的学问。他们除正业而外，都有副业。他们的副业不是唱歌便是弄乐器。歌喉的圆润，只有顾夫人颈上挂着的那串珠子可以拿来做比方。每当月白风清，管弦竞奏的当儿，凡在十步以内的居民，无不被他们珠圆玉润的歌喉所吸引。叫座力之大，就叫老谭复生，也要活活气死。

当他们披上那件特制的白色外褂时，很有医师的架子了。若再戴上一个呼吸隔绝器，俾执行职务时不与光顾者交换气流，那就活像一位医师，而光顾者恐怕更要踊跃呢。

他们的外貌，固然有医师般的尊严，而头衔也与医师、药剂师、画师、雕刻师、工程师、律师、会计师，或其他大师一样华贵。他们若是愿意，很可以在名片的右上角乌溜溜地印上这样一行宋体字：“某某理发所理发师”。

讲价

韩康采药名山，卖于长安市，三十余年，口不二价。这并不是说三十余年物价没有波动，这是说他三十余年没有讲过一次谎。就凭这一点怪脾气，他的大名便入了《后汉书》的“逸民列传”。这并不证明买卖东西无须讲价是我们古已有之的固有道德，这只证明自古以来买卖东西就得要价还价，出了一位韩康，便是人瑞，便可以名垂青史了。韩康不但在历史上留下了佳话，在当时也是颇为著名的。一个女子向他买药，他守价不移，硬是没得少。女子大怒，说：“难道你是韩康，一个钱没得少？”韩康本欲避名，现在小女子都知道他的大名，吓得披发入山。卖东西不讲价，自古以来是多么难得！我们还不要忘记韩康“家世著姓”，本不是商人，如果是个“逐什一之利”的，有机会能得什二什三时岂不更妙？

从前有些店铺讲究货真价实，“言不二价”“童叟无欺”的金字招牌偶然还可以很骄傲地悬挂起来，不必大减价雇吹鼓手，主顾自然上门。这种事似乎渐渐少了。童叟根本也不见得好欺侮，而且买卖大半是流动的，无所谓主顾，不讲价还是不过瘾，不七折八扣显着买卖不和气，交易一成买者就又会觉得上当。在尔虞我诈的情形之下，讲价便成为交易的必经阶段，反正是“漫天要价，就地还钱”，看看谁有本事谁讨便宜。

我买东西很少的时候能不比别人的贵。世界上有一种人，喜欢到人家里面调查物价，看看你家里有什么东西都要打听一下是用什么价钱买的，除非你在每一事物上都粘上一个纸签标明价格，否则将不胜其啰唆。最扫兴的是，我已经把真的价钱瞒起，自欺欺人地只说了一半的价钱来搪塞他，他有时还会把头摇得像个拨浪鼓似的，表示你上了弥天的大当！我承认，有些人是特别的善于讲价，他有政治家的脸皮，外交家的嘴巴，杀人的胆量，钓鱼的耐心，坚如铁石，韧似牛皮，所以他能压倒那待价而沽的商人。我曾虚心请教，大概归纳起来讲价的艺术不外下列诸端：

第一，要不动声色。进得店来，看准了他没有什么你就要什么，使得他显着寒碜，先有几分惭愧。然后无精打采地道出你所真心要买的东西。伙计于气馁之余，自然欢天喜地地捧出他的货色，价钱根本不会太高。如果偶然发现一项心爱的东西，也不可失声大叫，如获异宝，必要行若无事，淡然处之，于打听许多种物价之后，随意问询及之，否则你打草惊蛇，他便奇货可居了。

第二，要无情地批评。甘瓜苦蒂，天下物无全美。你把货物捧在手里，不忙鉴赏，先求其疵缪之所在，不厌其详大地批评一番，尽量地道出它的缺点。有些物事，本是无懈可击的，但是“嗜好不能争辩”，你这东西是红的，我偏喜欢白的，你这东西是大的，我偏喜欢小的。总之，是要把东西褒贬得一文不值缺点百出，这时候伙计的脸上也许要一块红一块白的不大好看，但是他的心里软了，价钱上自然有了商量的余地，我在委曲迁就的情形之下来买东西，你在价钱上还能不让步么？

第三，要狠心还价。先假设，自从韩康入山之后每个商人都是说谎的。不管价钱多高，拦腰一砍。这需要一点胆量，要狠得下心，说得出口，要准备看一副嘴脸。人的脸是最容易变的，用不了加多少钱，那副愁云惨雾的苦脸立刻开霁，露出一缕春风。但这是最紧要的时候，这是耐心的比赛，谁性急谁失败，他一文一文地减，你就一文一文地加。

第四，要有反顾的勇气。交易实在不成，只好掉头而去，也许走不了好远，他会请你回来，如果他不请你回来，你自己要有回来的勇气，不能负气，不能讲究“义不反顾，计不旋踵”。讲价到了这个地步，也就山穷水尽了。

这一套讲价的秘诀，知易行难，所以我始终未能运用。我怕费功夫，我怕伤和气，如果我粗脖子红脸，我身体受伤，如果他粗脖子红脸，我精神上难过。我聊以解嘲的方法是记起郑板桥爱写的那四个大字：“难得糊涂”。

《淮南子》明明地记载着“东方有君子之国”，但是我在地图上却找不到。《山海经》里也记载着“君子国衣冠带剑，其人好让不争”，但只有《镜花缘》给君子国透露了一点消息。买物的人说：“老兄如此高货，却讨恁般贱价，教小弟买去，如何能安？务求将价加增，方好遵教。若再过谦，那是有意不肯赏光交易了。”卖物的人说：“既承照顾，敢不仰体？但适才妄讨大价，已觉厚颜，不意老兄反说货高价贱，岂不更教小弟惭愧？况敝货并非‘言无二价’，其中颇有虚头。”照这样讲来，君子国交易并非言无二价，也还是要讲价的，也并非不争，也还有要费口舌唾液的。什么样的国家才能买东西不讲价呢？我想与其讲价而为对方争利，不如讲价而为自己争利，比较地合于人类本能。

有人传授给我在街头雇车的秘诀：街头孤零零的一辆车，车夫红光满面鼓腹而游的样子，切莫睬他；如果三五成群鸠形鹄面，你一声吆喝便会蜂拥而来，竞相延揽，车价会特别低廉。在这里我们发现人性的一面——残忍。

运动

大概是李鸿章吧，在出使的时候道出英国，大受招待。有一位英国的皇族特别讨好，亲自表演网球赛，以娱嘉宾。我们的特使翎顶袍褂地坐在那里参观，看得眼花缭乱。那位皇族表演完毕，气咻咻然，汗涔涔然，跑过来问大使表演如何。特使戚然曰："好是好，只是太辛苦，为什么不雇两个人来打呢？"我觉得他答得好，他充分地代表了我们国人多少年来对于运动的一种看法。看两个人打球，是很有趣味的，如果旗鼓相当，砰一声打过来，砰一声打过去，那趣味是不下于看斗鸡、斗鹌鹑、斗蟋蟀。人多少还有一点蛮性的遗留，喜欢站在一个安逸的地方看别个斗争，看到紧急处自己手心里冷津津地捏着两把汗，在内心处感觉到一种轻松。可是自己参加表演，就犯不着累一身大汗，何苦来哉？摔跤的，比武的，那是江湖卖艺者流，士君子所不取。虽然相传自黄帝时候就有"蹴鞠"之戏，可是自汉唐以降我们还不知道谁是蹴球健将，我看了《水浒传》才知道宋朝一个“浮浪破落户子弟”“高俅那厮”，“最是踢得好脚气球”。我们自古以来就讲究雍容揖让，纵然为了身体的健康做一点运动，也要有分寸，顶多不过像陶侃之“日运百甓”，其用意也无非是习劳，并不曾想把身体锻炼得健如黄犊。

士大夫阶级太文明了，太安逸了，固然肢体都要退化，有变成侏儒的危险，肩不能挑担，手不能提篮，有变为废物的可能，但是在另一方面，所谓的广大民众又嫌太劳苦了，营养不足，疲劳过度，吃不饱，睡不足，一个个的面如削瓜，身体畸形发展，抬轿的肩膀上头有一块红肿的肉隆起如驼峰，挑水的脚筋上累累的疙瘩如瘿木，担石头的空手走路时也佝偻着腰像是个猿人，拉车子的鸡胸驼背，种庄稼的胼手胝足——对于这一般人我们实在不愿意再提倡运动，我们要提倡的是生活水准的提高，然后他们可以少些运动。对于躺着吃饭坐着顿膘的朋友们，我们可以因势利导劝他们行八段锦太极拳，大概不会发生什么大危险；对于天天在马路上赛跑的人力车夫们，田径赛是多余的。

外国人保留的蛮性要比我们多一些，也许是因为他们去古未远的缘故。看他们打架的方式就可以知道，一言不合，便是直接行动，看谁的胳臂力量大，不像我们之善于口角，干打雷不下雨。外国人的运动方式也多少和野蛮人的生活方式有些关联。我看过美国人赛足球，事前的准备不必提，单说比赛前夕的那个“鼓勇会”(pep meeting) 就很吓人：在旷地燃起一堆烽火，大家围着火旋转叫嚣，熊熊的火光在每人的脸上照出一股“血丝糊拉”的狞恶相，队员被高高地举起在肩头上，像是要去做祭凶神的牺牲，只欠一阵阵咚咚的鼓，否则就很像印第安人战前的祭礼了。比赛的凶猛也不必提，只要看旁边助威的啦啦队，那真是如中疯魔生龙活虎一般，我们中国的所谓啦啦队轻描淡写的比起来只能算是幼年歌咏团。再说掷标枪，那不是和南非野人打猎一模一样的吗？打拳，那更是最直截了当地性命相扑。可是我说这些话并不含褒贬的意思。现在的外国人究竟不是野蛮人，他们很早地就在运动中建立起一套规矩，抽象地叫作运动道德。我们中国人素来不好运动，可是一运动起来就很容易口咬足踢连骂带打了。

美国学校的球队训练员是薪给最高的职位，如果他能训练出一队如狼似虎的队员在运动场上建立几次殊勋，他立刻就可以给学校收很大的招徕的功效。“所谓大学，即是一座伟大运动场附设一个小小的学院。”把运动当作一种霓虹广告，在外国已为人诟病，在中国某一些学校里仍然不失其为时髦。学校里体育功课不可少，一星期一小时，好像是纪念性质。一大群面有菜色的青年总可以挑出若干彪形大汉，供以在中国算是特殊的膳食，施以在外国不算严格的训练，自然都还相当茁壮，伸出胳臂来一连串的凸出的肉腱子，像是成串的陈皮梅似的，再饰以一身鲜明的服装，相当的壮观，可惜的是这仅仅是样品而已。这些样品能滋生出更有价值的样品——锦标、银杯。没有锦标银杯，校长室和会客室里面就太黯淡了。

有人说，人的筋肉骨骼的发达是和脑筋的发达成正比例的。就整个的民族而言，也许是的，就个人分别而言，可是例外太多。在学校里谁都知道许多脑力过人的人往往长得像是一颗小蹦豆儿，好多在运动场上打破纪录的人在智力上并不常常打破纪录，除非是偶然地破留校年数的纪录。还有一层，运动和体育不同，犹之体格健壮与飞檐走壁不同。体格健壮是真正的本钱，可以令人少生病多做事，至于跳得高跑得快玩起球来“一似鳔胶黏在身上”，那当然也是一技之长，那意义不在耍坛子、举石锁、踩高跷、踏软绳之下。

为了四亿以上的人建筑一座运动场，不算奢侈。我参观过一座运动场，规模不算小，并且曾经用过一次，只是看台上已经长了好几尺高的青草，好像是要兼营牧畜的样子。我当时的感想，就和我有一次看见我们的一艘军舰的铁皮上长满海藻蚌蛤时的感想一般。

滑竿

从前在学校读英国诗人弥尔顿的《失乐园》，读到第三卷第四三七行：

……在中国的荒原上
中国人驾驶着
挂帆的轻便的藤车？

教授抬起头来往下面扫视，看见只有一个人是黑头发黄面孔的，便问道："你们贵国是真有这样张帆的车子么？"我告诉他说，敝国地方很大，各地风俗不同，我到过的地方有限，没有看见过也没有听说过车上挂帆。教授的结论是，无论如何，车上挂帆是一个很好的办法。

过了好几十年，我才有机会听人讲起我们西南一带确有帆车，台湾的电影上也有帆车在海滩上飞驰的外景，自己的见闻之简陋实在是无话可说。弥尔顿博学多识，对于我们文明古国当然不胜其景仰了，可是他还没有看见过我们的滑竿。

滑竿是两个人抬的一种轿子，其简单轻便到了无以复加的程度。两根长长的竹竿，往两个人的肩膀上一架，就是交通工具。有人说抬轿的人之所以称为轿夫，是因为那“夫”字是象形的，像一个人肩膀上放两根竿。两竿之间吊起一块麻布，自成一个软兜，活像外国的帆布吊床。乘客往上一躺，软乎乎的一点也不硌得慌，怕两只脚没交代，前面有系着的一根竹篾，正好把脚放上去，天造地设。根本没有零件，所以永远没有修理的问题。有客来，往肩上一搭；没有生意，一个人把两根竹竿并在一起，往腋下一夹就可以走路。停放的地方么？那更简便了，竖着在墙边一靠，不占空间。

小时候到杭州外婆家去，母亲嘱咐我，下了火车要坐轿子，千万不可以动弹，否则有翻落之虞。我心想八人大轿抬着，焉有翻落之理。到了杭州，才知道所谓轿子竟是那样寒碜的东西，像是一个黑油篓，细细高高，头重脚轻，前后一共只有两个人抬，没有人坐进去也好像是摇摇欲坠。滑竿比较稳当多了，坐在软兜里想挣脱出来都不大容易。只是坐滑竿必须用半卧的姿势，直挺挺地抬着招摇过市，纵不似舁尸行殡，也像是伤患病残，样子不大雅观。从前皇帝出行，“乘肩辇，具威仪”，必定不是躺着的。可是滑竿在上山下山的时候就非常方便，例如登好汉坡，坐在滑竿上可能微有倒悬之感，但腹内的东西决不至于吣了出来，下来的时候也不会一头栽了下去。而峰回路转，左弯右旋，无不夷犹如意。登山喝道的八人大轿反倒觉得笨重难行了。

滑竿夫太苦。有人坐人力车犹嫌其不人道，但车下究竟有轮，轮子就是机械，那是人类文明史上的一大里程碑。滑竿也利用上了杠杆原理，并不算是太原始，不过简单得多。一个人的重量由四个肩膀承之，问题在那一个人的重量究竟有多少。三五个人雇乘滑竿，其中若有一位是“五百斤油”，那几个滑竿夫要发生一阵骚乱，谁都想避重就轻，不幸的那一对一路上要呶呶不休。这也怪不得他们，看看他们的脚杆，细得像是秫秸，任重而道远。坐滑竿的人是“人上人”，不会听不到滑竿夫的咻咻的喘息，以及脚后跟走在石板上嗵嗵地响，不会看不到他们腿上网状的静脉瘤，以及肩膀上摩擦出来的厚厚的茧。

滑竿夫没有不是鸠形鹄面的，他们一排靠在墙根上站着，像是风干了的人，像是传说中辰州赶尸的人夜晚宿店时所遗弃在路边的货色！可是他们每人一袭蓝布长衫，还少不了一顶布缠头。多半是伶牙俐齿，能言善道。腰间横系着一根褡布，斜插着一根短烟管，挂着一只烟荷包。除了烟草之外，当然还有更能提神解乏的东西，精神兴奋的时候，议论风生。有一回我到四川北碚的缙云山，一路上听滑竿夫边走边说一些唱和的俚语：

甲：“前面靠得紧！”

乙：“后面摆得开。”

甲：“亮光光！”

乙：“水波浪。”

甲：“滑得很！”

乙：“踩得稳。”

甲：“远看一枝花。”

乙：“走近看是她！”

甲：“教我的儿喊她妈。”

唱到这里，路边的那“一枝花”红头涨脸地啐他一口。滑竿夫们胜利地笑了起来，脚底下格外有力，精神抖擞，飞步上山。

商店礼貌

常听人说起北平商店的伙计接待客人如何的彬彬有礼、一团和气，并且举出许多实例以证明其言之不虚。我是北平人，应知北平事，这一番夸奖的话的确不算是过誉，不过“北平”二字最好改为“北京”，因为大约自从北京改称北平那年以后，北平商店也渐渐起了变化，向若干沿海通商大埠的作风慢慢地看齐了。

到瑞蚨祥买绸缎，一进门就可以如入无人之境，照直地往里闯，见楼梯就上，上面自有人点头哈腰，奉茶献烟，陪着聊两句闲天，然后依照主顾的吩咐，支使徒弟东搬一块锦缎，西搬一块丝绒，抖擞满一大台面。任你褒贬挑剔，把嘴撇得瓢儿似的，店伙在一旁只是赔笑脸，不吭一口大气。多买少买，甚至不买，都没有关系，客人扬长而去，伙计恭送如仪。凡是殷实的正派的商店，所用的伙计都是科班学徒出身，从端尿盆捧夜壶起，学习至少三年，才有资格出任艰巨，更磨炼一段时间才能站在柜台后面应付顾客，最后方能晃来晃去地招待来宾。那“和气生财”的作风是后天慢慢熏陶出来的。若是临时招聘的职员，他们的个性自然比较发达，谁还肯承认顾客至上？

从前饭馆的伙计也是训练有素的，大概都是山东人，不是烟台的就是济南的。一进门口就有人起立迎迓：“二爷来啦！”“三爷来啦！”客人排行第几，他都记得，因为这个古城流动户口很少，而且饭馆顾客喜欢贵临他所习惯去的地方。点菜的时候，跑堂的会插嘴：“二爷，别吃虾仁，虾仁不新鲜！”他会提供情报：“鲫鱼是才打包的，一斤多重。”一阵磋商之后，恰到好处的菜单拟好了。等菜不来，客人不耐烦拿起筷子敲盘叮当声，在从前这是极严重的事，这表示招待不周。执事先生一听见敲盘声就要亲自出面道歉，随后有人打起门帘让客人看看那位值班跑堂的扛着铺盖走出大门——被辞退了。事实上他是从大门出去又从后门回来了。客人要用什么样的酒，不需开口，跑堂早打了电话给客人平素有交往的酒店：“××× 街的 × 二爷在我们这里，送三斤酒来。”二爷惯用的那种多少钱一斤的酒就送来了，没有错。客人临去的时候，由堂口直到账房，一路有人喝送客，像是官府喝道一般。到了后来才有高呼小账若干若干的习惯，不是为客人听了脸上光彩，是为了小账目公开预备聚在一起大家均分，防止私弊。以后世风日下，如果小账太少，堂倌怪声怪调地报告数目，那就是有意地挖苦了，哪里还有半点礼貌？

不消说，最讲礼貌的是桅厂，桅厂即是制售棺木的商店。给老人家预订寿材，不失为有备无患之举，虽然不是愉快的事，交易的气氛却是愉快之极。掌柜的一团和气，领客去看木板，楠木的、杉木十三圆的，一副一副地看，他不劝你买，不催你买，更不怂恿你多看几具，也不张罗着给你送到府上，只是一味地随和。这真是模范商店！这种商店后来是否也沾染了时代的潮流，是否伙计也是直眉竖眼、冷若冰霜、拒人千里之外就不得而知了。

同仁堂丸散膏丹天下闻名，柜台前永远是里三层外三层地挤满顾客，只消远远地把购药单高高举起，店伙看到单子上密密麻麻，便争着伸手来抢——因为他们的店规是伙计们按照实绩提成计酬。用不着排队，无所谓先来后到，大主顾先伺候，小生意慢慢来，也不是全无秩序。可怜挤在柜台前面的，尽是些闻名而来的乡巴佬！

买东西的人并不希冀什么礼遇，交易而来，成交而返，只要不遭白眼不惹闲气。逐什一之利的人也不必整日价堆着笑脸，除非他是天生的笑面虎。北平几度沧桑，往日的生活方式早已不可复见。我一听起有人谈到北平人的礼貌，便不免有今昔之感。

礼失而求诸野。在“野”的地方我倒是常受到礼貌的待遇。到银行去取款，行员一个个的都是盛装，男的打着领结，女的花枝招展，点头问讯，如遇故旧。把折子还给你，是用双手拿着递给你，不是老远地像掷铁环似的飞抛给你。如果是星期五，临去时还会祝你有一个快乐的周末，这一声祝语有好大的效力，真能使你有一个快乐的周末，还可能不止一个！有一次在一家杂货店给孩子买一只手表，半月后秒针脱落，不费任何唇舌就换了一只回来，而且店员连声道歉，说明如再出毛病仍可再换或是退款，一点也没有伤了和气。还有一回在超级市场买一个南瓜馅饼，回来切开一看却是苹果馅，也就胡乱吃了下去。过了一个月，又见标签为南瓜的馅饼，便叮问店员是否名副其实的南瓜馅饼，具以过去经验告之。店员不但没有愠意，而且大喜过望，自承以前的确有过一次张冠李戴的失误，只是标签贴错无法查明改正："你是第二个前来指正我们的顾客，无以为敬，谨以这个南瓜馅饼奉赠。"相与呵呵大笑。这样的事随时随处皆可遇到，不算是好人好事，也不算是模范店员，没有人表扬。

为什么在野的地方一般人的表现反倒不野？我想没有方法可以解释，除非是他们的牛奶喝得多，睡觉睡得足。《管子》曰："仓廪实则知礼节，衣食足则知荣辱。"这道理我们早就懂得。

职业

职业，原指有官职的人所掌管的业务，引申为一切正当合法的谋生糊口的行当。一百二十行，乃至三百六十行，都可视为职业。纡青拖紫，服冕乘轩，固然是乐不可量的职业，引车卖浆，贩夫走卒之辈，也各有其职业。都是啖饭，唯其饭之精粗美恶不同耳。

宋沈括《梦溪笔谈》："林君复多所乐，惟不能着棋，尝言：'吾于世间事，惟不能担粪着棋耳！'"着棋与担粪并举，盖极形容二者皆为鄙事，表示不屑之意。在如今看来，担粪是农家子不可免的劳动，阵阵的木樨香固然有得消受，但是比起某一些蝇营狗苟的宦场中人之蛇行匍伏，看上司的嘴脸，其龌龊难当之状为何如?至于弈棋，虽曰小道，亦有可观，比饱食终日言不及义要好一些，且早已成为文人雅士的消遣，或称坐隐，或谓手谈。今则有职业棋士，犹拳击之有职业拳手。着棋也是职业。

我的职业是教书，说得文雅一点是坐拥皋比，说得难听一些是吃粉笔末。其实哪有皋比可坐，课室里坐的是冷板凳。前几年我的一位学生自澳洲来，贻我袋鼠皮一张，旋又有绵羊皮一张，在寒冷时铺在我房里的一把小小的破转椅上，这才隐隐然似有坐拥皋比之感。粉笔末我吃得不多，只因我懒，不大写黑板。教书好歹是个职业，至于在别人眼里这是什么样的一种职业，我也管不了许多。通常一般人说教书是清高的职业，我听了就觉得惭愧。“清”应该作“清寒”解，有一阵子所谓清寒教授在逢年过节的时候可以轮流领到小小一笔钱，是奖励还是慰问，我记不得了，我也叨领过一两次，具领之际觉得有一丝寒意，清寒的寒。至于“高”，更不知从何说起了，除非是指那座高高的讲台。

有些心直口快的人对于教书的职业作较彻底的评估。记得我在抗战胜利后返回家乡，遇到一位拐弯抹角的亲戚，初次谋面不免寒暄几句，他问我“在什么地方得意”，我据实以告，在某某学校教书，他登时脸色一变，随口吐出一句真言：“啊，吃不饱，饿不死。”这似是实情，但也是夸张。以我所知，一般教授固然不能像东方朔所说“侏儒饱欲死”，也不见得都像杜工部所形容的“甲第纷纷厌粱肉，广文先生饭不足”，饭还是吃饱了的，没听说有谁饿死，顶多是脸上略有菜色而已。然而我听了这样率直的形容，好像是在人面前顿时矮了一截。在这“吃不饱饿不死”状态之下，居然延年益寿，拖了几十年，直到“强迫退休”之后又若干年的今天。说不定这正是拜食无求饱之赐。

有一回应邀参加一次宴会，举座几乎尽是权门显要，已经有

“衣敝缊袍与衣狐貉者立”的感觉，万没想到其中有一位却是学优而仕平步青云的旧相识，他好像是忘了他和我一样在同一学校曾经执教，几杯黄汤下肚之后，他再也按捺不住，歪头苦笑睇我而言曰：“你不过是一个教书匠，胡为厕身我辈间？”此言一出，一座尽惊。主人过意不去，对我微语：“此公酒后，出言无状。”其实酒后吐真言，“教书匠”一语夙所习闻，只是尊俎间很少以此直呼。按教书而能成匠，亦非易事。必须对其所学了如指掌，然后才能运用匠心教人以规矩，否则直是戾家，焉能问世？我不认为教书匠是轻蔑语。

如今在学校教书，和从前不同，像马融“坐高堂，施绛纱帐，前授生徒，后列女乐”那样的排场，固然不敢想象，就是晚近三家村的塾师动不动拿起烟袋锅子敲脑壳的威风亦不复见。我小时候给老师送束脩，用大红封套，双手奉上，还要深深一揖。如今老师领薪，要自己到出纳室去，像工厂发工资一样。教师是佣工的性质。听说有些教师批改作文卷子不胜其烦，把批改的工作发包出去，大包发小包，居然有行有市。

尊师重道是一个理想，大概每年都有人口头上说一次。大学教授之“资深优良”者有奖，照章需要自行填表申请。我自审不合格，故不欲填表，但是有一年学校主事者认为此事与学校颜面有关，未征同意就代为申请了，列为是三十年资深优良教师之一。经层峰核可，颁发奖金匾额。我心里悬想，匾额之颁发或有相当仪式，也许像病家给医师挂匾，一路上吹吹打打，甚至放几声鞭炮，门口围上一些看热闹的人。我想错了。一切从简。门铃响处，一位工友满头大汗，手提一个相当大的镜框（比理发店墙上挂的大得多），问明主人姓氏，像是已经验明正身，把手中的镜框丢在地上，扬长而去。镜框里是四个大字（记不得是什么字了），有上款下款，朱印烂然。我叹息一声，把它放在我认为应该放置的地方。

教书这种职业有其可恋的地方。上课的时间少，空余的闲暇多，应付人事的麻烦少，读书进修的机会多。俗语说："讨饭三年，给知县都不做。"实在是懒散惯了，受不得拘束。教书也是如此，所以我滥竽上庠，一蹭就是几十年，直到有一天听说法令公布，六十五岁强迫退休。退休是好事，求之不得，何必强迫？我立刻办理手续，当时真有朋友涕泣以告："此事万万使不得，赶快申请延期，因为一旦退休，生活顿失常态，无法消遣，不知所措。可能闷出病来，加速你的老化。"我没听。今已退休二十年，仍觉时间不够用，一天只有二十四小时。

退休给我带来一点小小的困扰。有一年要换新的身份证。我在申请表格职业栏里除原有的"某校教授"字样下面加添一个括弧，内书"退休"二字。办事的老爷大概是认为不妥。新身份证发下，职业一栏干脆是一个"无"字。又过几年，再换身份证，办事的老爷也许也发觉不妥，在"无"字下又添了一个括弧，内书"退休"。其实职业一栏填个"无"字并不算错。本来以教书为业，既已退休，而且是当真退休，不是从甲校退休改在乙校授课，当然也就等于是无业，也可说是长期失业。只是"无业"二字，易与"游民”二字连在一起，似觉脸上无光。可是回心一想，也就释然。《大戴礼记·曾子立事第四十九》：“其少不讽诵，其壮不论议，其老不教诲，亦可谓无业之人矣。”这是地地道道的一个“无业之人”。

奖券

“人无横财不富，马无夜草不肥。”这道理谁不知道？靠了一点微薄的收入，维持一家的温饱，还要设法撙节，储备不时之需，那份为难不说也罢。可是各种形式的巧取豪夺，若是自己没有那种能耐，横财又从哪里来呢？馅饼会从天上掉下来么？若真从天上掉下来，你敢接么？说不定会烫手，吃不了兜着走。

有人想，也许赌博可以带来一笔小小的横财。“舍不得孩子套不着狼”，筹得一点赌资，碰碰运气，说不定就有斩获。打麻将吧，包括卫生的与不卫生的两种在内，长期地磨手指头，总会有时缔造佳绩，像清一色杠上开花什么的，还可能会令人兴奋得大叫一声而亡，或一声不响地溜到桌下。不过这种奇迹不常见。推牌九吧，一翻两瞪眼，没得说的，可是坐庄的时候若是翻出了“皇上”，统吃，而且可以吃十三道的注子，这笔小财就足够折腾好几天了。常言道，久赌无赢家，因为赌资只有那么多，赌来赌去总额不会多，只有越来越少，都被头家抽头拿去了。赌博不是办法，运气不好还可能被捉将官里去。

无已，买彩票吧。彩票，今称奖券。买奖券也是撞大运，也是赌博的一种，花少量的钱，希冀获得大奖。奖，是劝勉的意思。《左传·昭公二十二年》："无亢不衷，以奖乱人。"买奖券的人不一定是乱人，但也绝不一定是善人。花几十块钱买彩票，何功何德，就会使老天爷（或财神爷）垂青于你？或者只能说那是靠坟地的风水，祖上的阴功。但是谁都愿试一试看，看坟地风水如何，祖上有无阴功。一试不成，再试，试之不已，也许有一天财气会逼人而来。若是始终不能邀天之幸，次次落空，则所失有限，也不必多所怨尤。

奖券既是赌的性质，赌是不合法的，难道不怕有人来抓赌？这又是过虑。奖券如公然发售，必然是合法的，究竟合的是什么法，民法、刑法、银行法，就不必问。奖券所得如果是为了拨作公益或充裕国帑，更不妨鼓励投机，投机又有何伤？从来没听说过什么人因买奖券而倾家荡产，也从来没听说过什么人因买了奖券就不务正业。

我没买过奖券，不是不想发财，是买了奖券之后，念兹在兹，神魂颠倒，一心以为大奖之将至，这一段悬宕焦急的时间不好过。若是臆想大奖到手之后，如何处分那笔横财，买房好还是置地好，左思右想的拿不定主意，更增苦痛。其实中奖的机会并不大，猫咬尿泡的结果不能免，所以奖券还是由别人去买，这笔财由别人去发，安分守己，比较妥当。人无横财不富，看着别人富，不也很好么？

如今时尚是处处模仿西方国家，西方国家有专靠赌博维持命脉的，也有借赌博以广招徕的所谓赌城，各地人士趋之若鹜。我们的国家尚未沦落到这个地步，我们顶多在餐馆用膳的时候，常突然闯进不速之客，有男女老少，每个都低声下气地兜售奖券。他并不强销，他和颜悦色。他不受欢迎的时候多，偶尔也有拒绝买券而又慷慨解囊的人，那就像是施舍了。

统一发票是良好制度，而且月月开奖。除了观光饭店和书店之外，很少商家不费唇舌就开发票给我。我若索取，他会应我所求，但是脸上的颜色有时就不好看。所以我不强求，但是每月也积有若干张，开奖翌日报纸上披露出来，核对号码的时候觉得心在跳。若干年来没有得过一次奖，最起码的尾字奖也不曾轮到过我，只怪自己命小福薄。后来经高人指点，我才知道统一发票的持有人需将发票的号码剪下来贴在明信片上寄交某处，然后才有资格参加摇奖，这是在发票的下端印得明明白白，然而那两行字体特别小，怪我自己昏聩没有注意。可是统一发票带给我无数次的希望，无数次的失望，我并没有从此厌恶统一发票。相反的，统一发票帮过我一次大忙。我和菁清到一个饭店吃自助餐，餐毕付钱，侍者送来零头和发票。我们走到出口处就被人一把揪住了："怎么，没付账就走？"吃白食是我一辈子没想到要做的事。我没有辩白，拿出统一发票给他看。当场受窘的不是我，满脸通红的也不是我。奖券都不买，统一发票还兑什么奖？从此，发票一到手，一出商店门，便很快地把它投到应该投的地方去。

看样子，我是与奖无缘。

钥匙

扃门之锁曰钥，而启锁之器亦曰钥，二义易混，故又名后者为钥鍉。鍉音匙，今谓之钥匙。

大同之世夜不闭户，当然无须乎锁，从前人家，白昼都是大门敞开，门洞里两条懒凳，欢迎过往人等驻足小坐。到夜晚才关大门，门内有上下插关，此外通常还有一根粗壮的门闩，或竖顶，或横拦，就非常牢靠。只有人口少的小户人家，白天全家外出，门上才挂四两铁。

锁与钥匙最初的形式是简单而粗大，后来逐渐改良，乃有如今精致而小巧的模样。西洋锁有悠久历史，古埃及和希腊都早有发明。晚近的耶鲁锁风行世界。锁与钥匙给人以种种方便，不仅可以扃门，钱柜、衣柜、书柜、货柜，都可以加锁。如果不嫌烦，冰箱、电视、抽屉、手提箱也可以加锁，甚而至于有一种日记本也有锁，藏情书珠宝的首饰箱也有锁。这种种方便，对于有意做贼的人却是不方便，而且对于主人有时也会引起不大不小的不方便。

最尴尬的情形之一是出门忘了带钥匙，而砰的一声弹簧锁把自己关在门外。我平均两年之内总有一次出这样的蠢事。我没有忘记自己健忘，我为自己建立良好的习惯，把一束钥匙常串着放在裤袋里，自以为万无一失。有时候换服装，忘了掏出裤袋里的钥匙，而家人均已外出，其结果是只好在门口站岗，常是好几小时。找锁匠来开门也不是可以立办之事。费时误事伤财之外还不能不深自责悔，急出一头大汗。人孰无过，但是屡犯同样过失，只好自承为蠢。记得有一回把自己关在家门外，急得团团转，好不容易请到一位锁匠，不料他向门上瞄了一眼便掉头而去，他说：“这样的锁，没法开。”我这才发现我们的门锁有一点古怪，钥匙是半圆形的，钥匙孔也是半圆形的，不知是哪一国的新产品。在这尴尬的情况中有一点沾沾自喜，我有一具不容易被人盗开的锁。

有一种不需钥匙的锁，所谓暗码锁。挂锁上面有四排字，四四十六个字，全无意义相联，转来转去把预定的四个字联成一排，锁就可以打开，这种锁已成古董了。保险箱式的暗码锁则是左转几下，右转几下，再左转几下，再右转几下，锁砉然开。我曾有一个铝质衣柜就有暗锁，我怕忘了暗号，特把暗号写在日记本上。其实柜里没什么贵重东西，暗号锁的装置反倒启人疑窦。如果其中真有什么贵重东西，大力者负之而走，又将奈何？听说有一种锁设有电子装置，不需犬牙参差的钥匙，只要一个录有密码的磁带，插进去引动了锁中小小的电子发动机，锁自然开。如今西方许多家庭车房大门之遥控电锁，当是这种锁之又进一步的发明，人坐在车里，老远的一按钮，车门自然地于隆隆声中自启或自闭。最新的发明是既不用钥匙亦不用按钮，只要主人大喊一声，锁便能辨出主人的声音，呀然而启。想《天方夜谭》四十大盗之“芝麻，开门！芝麻，开门！”亦不过如是。这都是属于尖端科技之类，一般大众一时尚无福消受，我们只好安于一束束的钥匙之缠身的累赘。

我相信每个人抽屉里都有一大把钥匙，大大小小，奇形怪状，而且是年湮代远，用途不明。尤其是搬过几次家的人，必定残留一些这样的废物。这与竹头木屑不同，保存起来他日未必有用。

把钥匙分组系在一起不失为良好的办法。钥匙圈尚焉。虽说是小玩意儿，但有些个制作巧妙，颇具匠心。我的钥匙圈十来个都是我的小宠物，还不时地添置新宠。常用的有下述几个：

一、照片框　心爱的照相两幅剪下装进框内。其中一幅少不得是我和白猫王子的合照。

一、英文字母　自己的姓氏第一个字母 L，菁清的姓氏第一个字母 H。

一、铜铃一对　放在袋内，走路时哗铃哗铃响。

一、小刀　折刀很有用，裁纸削水果都用得着它。

一、指甲刀　指甲随时需要修剪，不可一日无此君。

一、小梳　有时候头发吹乱，小梳比五根手指有用。

一、饼干　方方的一块苏打饼干，微有烤焦斑痕，秀色可餐。

一、红中　一块红中麻将牌，可能是真的，角上穿孔系链。虽无麻将瘾，看了也好玩。

一、钱包　可以容纳硬币十枚八枚，打电话足够用。

花样繁多，不备载。

计程车

观光客（包括洋人与华裔洋人）来此观光，临去时，有些人总是爱问他们有何感想。其实何需问。其感想如何，我们早已耳熟能详，其中有一项几乎是每人都会提到的："交通秩序太乱，计程车横冲直撞，坐上去胆战心惊。"言下犹有余悸的样子，我们听了惭愧。许多国家都比我们强，交通秩序井然，开车的较有礼貌。但是，我们自己的国家究竟是我们自己的国家。

尽管我们的计程车不满人意，但不要忘记计程车的前一代的三轮车，更前一代的人力车。居住过上海租界的人应能记得，高大的外国水兵跷起腿坐在人力车上，用一根小木棒敲着飞奔的人力车夫的头，指挥他左转右转，把人当畜生看待，其间可有丝毫礼貌?居住过重庆的人应能记得，人力车过了两路口冲着都邮街大斜坡向东急行，猛然间车夫为了省力将车把向上一扬，登时车夫悬吊在半空中，两脚乱蹬而不着地，口里大喊大叫，名曰"钓鱼"，坐在车上的人犹如御风而行，大气都不敢喘，岂止是胆战心惊？三轮脚踏车，似乎是较合于人道，可是有一阵子我每日从德惠街到洛阳街，那段路可真不短，有一回遇到台风放雨尾，三轮车好像是扯着帆逆风而行，足足走了将近两个小时，进退不得，三轮车夫累个半死。如今车有四轮，而且马达代替人工，还不知足？

不知足才能有进步。对。不过进步是要一步一步走的，否则便是“大跃进”了。不会走，休想跳。要追赶需从后面加紧脚步向前赶，“迎头赶上”怕没有那样的便宜事。

外国的计程车大抵都是较高级的车，钻进去不至于碰脑袋，坐下来不至于伸不开腿，走起来平平稳稳，不至于蹦蹦跳跳。即使不是高级车，多数是干干净净的。开车的人衣履整齐，从没有赤脚穿拖鞋或是穿背心短裤的。但是他们的计程车并不满街跑，不是招手就来的。如果大清早到飞机场，有时候还需前一晚预约，而且车资之高，远在我们的之上。初履日本东京的人，坐计程车由机场到市内，看着计程表由一千两千还往上跳，很少人心脏不跟着猛跳的。我们的计程车，全是小型低级的，且不要问什么自制率，就算它是国货吧，这不足为耻（我们有的是高级大轿车，那是达官巨贾用的，小民只合坐小车）。一个五尺六寸高的人坐在车里，头顶就会和车顶摩擦。车垫用手一摸，沙楞楞的全是尘土，谁知道哪里来的这么多灰尘。不过若能佝偻着身子钻进车厢，拳着腿坐下，这也就很不错了。我们的计程车会进步的，总有一天会进步到数目渐渐减少，价格渐渐提高到大家坐不起而不得不自己买车开车，现在计程车满街跑，应该算是畸形的全盛时代，不会久。

计程车司机劫财施暴的事偶有所闻，究竟是其中的极少数。我个人所遇到的令人恼火的司机只有下述几个类型。长头发一脸渍泥，服装不整。当然士大夫也有囚首垢面的，对计程车司机也就不必深责。曾经有一阵子要司机都穿制服，若要统一服装，没有希特勒一般的蛮干的力量能办得通么？有时候他口里叼着一根纸烟开车，风吹火星直扑后座，我请他不要吸烟，他理都不理，再请求他一遍他就赌气把烟向窗外一丢，顺势啐一口，唾沫星子飞到我脸上来。又有些个雅好音乐，或是误会乘客都是喜欢音乐的，把音响开得震耳欲聋（已经相当聋的也吃不消），而所播唱的无非是那些靡靡之音。我请他把声音放小一些，他勉强从命，老大不愿意地做象征性的调整，我请他干脆关掉，这下子他可光火了，他说："这车子是我的！"显然的他忘记了付车资的人暂时也有一点权利可以主张。但是我没有作声，我报以"沉默的抗议"。更有一回，司机以为我是人生地不熟的外来客，南辕北辙地大兜圈子。我发现有异，加以指正。他恼羞成怒，立刻脸红脖子粗，猛踩油门，突转硬弯，在并不十分空荡的路面上蛇行急驶，遇到红灯表演紧急刹车。我看他并没有与我偕亡的意思，大概只是要我受一点刺激，紧张一下而已。为了使他满足，我紧握把手，故作紧张状，好像是准备要和他同归于尽的样子。遇到这样的事，无须惊异，天下是有这等样的人，不过偶然让我遇到罢了。从前人说，同搭一条船便是缘。坐计程车，亦然。遇上什么样的司机也是前缘注定，没得说。

绝大多数司机是和善的。尤其是年纪比较大些的，胖胖墩墩的，一脸的老实相，有些个还颇为健谈。

“老先生哪里人呀？”

“北平。”

“我一听就知道啦。”

“您高寿啦？”

“还小呢，八十出头。”

“喝！”他吓一跳，“保养得好！”

就这样攀谈下去，一直没个完，到我下车为止。更有些个善于看相，劈头就问：

“您在什么地方上班？”

我没作声。他在反光镜中再瞄我一眼，自言自语地说：“不像是做官的。”我哼了一声。他又补充一句：“也不像做买卖的。”他逗起了我的好奇，我就反问：

“你说我像是干什么的呢？”

“大约是教书的吧？”我听到心头一凛，被他一语摸清了我的底牌。退休了二十年，还没有褪尽穷酸气。

又有一次我看见车里挂着一张优良驾驶奖状，好像是说什么多少年未出事故。我的几句赞扬引出司机的一番不卑不亢的话：“干我们这一行的，唉，要说行车安全，其实我们只有百分之五十的把握，”说到这里话一顿，他继续说，“另外百分之五十是操在别人手里。”我深韪其言，其实无论干哪一行，要成功当然靠自己，然而也要看因缘。

火车

我在上海中国公学教书的时候，每星期要去吴淞两三次，在天通庵搭小火车到炮台湾，大约十五分钟。火车虽然破旧，却是中国最早建设的铁路。清同治年间由英商怡和洋行鸠工开建，后由清廷购回，光绪二十三年全线完成。当初兴建伊始，当地愚民反对，酿成毁路风潮。那一段历史恐怕大家早已忘了。

我同时在暨南大学授课，每星期要去真如三次，由上海北站搭四等慢车（铁棚货车）到真如，约十分钟，票价一角。有一次在车站挤着买票，那时候尚无排队习惯，全凭体力挤进挤出。票是买到了，但是衣袋里的皮夹被小偷摸去。一位好心的朋友告诉我，不可声张，可以替我找回来，如果里面有紧要的东西。我说里面只有数十元和一张无价的照片。他说那就算了，因为找回来也要酬谢弟兄们一笔钱。这是我生平第一次听说东西被偷还可以找回来，其中奥妙无穷。

火车是分等级的。四等火车恐怕很多人没有搭过。我说搭，不说坐，因为根本没有座位，而且也没有窗户。搭四等车的人不一定就是四等人，等于搭头等车的不一定就是头等人。而且搭四等车的人不一定一辈子永远搭四等车，等于搭头等车的也不一定一辈子永远搭头等车。好像人有阶级之分，其实随时也有升降，变化是很多的。教书的人能享受四等火车的交通之便，实已很是幸运了，虽然车里是黑洞洞的，而且还有令人作呕的便溺气味。

当年最豪华的火车是津浦路的蓝钢车。车厢包上一层蓝色钢铁皮，与众不同，显著高贵。头等卧车装饰尤其美观，老舍一篇题名《火车》的小说，描写头等乘客在厚厚软软的地毯上吐痰，确是写实，并非虚撰。这样做是表示他的特殊身份。最令我惊讶的是头等车厢里的侍者礼貌特别周到，由津至浦要走一天一夜。夜间要查票，而头等客可以不受惊扰，安睡一夜，因为侍者在晚间早就把车票收去，查票的人走过头等车厢也特别把声音压低，在侍者手中查看车票，悄悄地就走过去了，真是体贴。查票的人走到二等车里，态度就稍有变化，嗓门提高，到了三等车里，就不免大声吼叫推醒那些打瞌睡的客人。

不要以为蓝钢车总是舒适如意，也曾出过纰漏。民国十二年盗匪孙美瑶啸聚一群喽啰在津浦路线上临城附近的抱犊谷。这抱犊谷是一座山，形势天成，入口极狭，据传说谷内耕牛是当初抱犊以入。孙美瑶过着打家劫舍的生活，意犹未足，看着火车呜呜地从山下蜿蜒而过，忽发奇想。他截断路轨，把一列火车车上数百名中外旅客一股脑儿掳上了山作为人质。害得军阀大吏手足无措。事涉被掳中外人士之安全，投鼠忌器，不敢动武。结果是几经折冲，和平解决，人质释放，盗匪收编为正式军队，孙美瑶获得旅长官衔。这就是轰动中外的临城劫车案。还有一个尾声，听说后来孙美瑶旅长不知怎么的还是被杀掉了。就我所记忆，如此规模的劫火车只发生过这么一遭。外国也有劫车案，有我们的这样多彩多姿么？

现在美国，火车已经是落伍的交通工具，在没有飞机和全国快速公路网的时代，坐火车从西海岸到东海岸是一大享受。沿途的风景，目不暇接。旅客不拥挤，座位很舒适，不分等级，只是卧铺另加费用。十几年前我旅游华府到纽约，就有人劝我要坐火车，因为以后可能将没有火车可坐了。果然，车站一片荒凉，车上乘客寥寥无几，往日的繁华哪里去了？

有人嫌火车走得慢，又有人嫌火车冒烟脏。人类浪费时间精力做好多好多不该做的事，何必斤斤计较旅途所耗的时间？纵然火车走得像枪弹一般快，车上的人忙的是什么？火车冒烟是脏，可是冒烟的并不只是火车，何况现在火车多不冒烟了。如果老远看火车冒黑烟或吐白气，那景象却不一定讨厌。记得抗战时我住在四川北碚，天气晴朗，搬藤椅在门前闲坐，遥望对面层峦叠嶂之中忽然闪出一缕白烟，呼啸而过，隐隐然听到汽笛之声。“此非恶声也”，那是天府煤矿的运煤的小火车。那是“天府之国”当时唯一的一段铁路。我看了很开心，和看近处梯田中“一行白鹭上青天”同样开心。说起四川省的铁路之兴建，其事甚早，光绪末年就有川汉铁路之议，宣统年间还引起铁路风潮，成为革命导火线之一。民国二十五年又有川黔铁路的计划。一再拖延以迄于今。可是抗战时经过重庆到成都公路的人，应该记得那条公路的路基特别高，路面相当阔，因为那条公路正是当年成渝铁路的未完成的遗址。

有一年由某大员陪同坐火车到郑州。途经某处，但见上有高山，下有清涧，竹篱茅舍，俨若桃源。我凭窗眺望，不禁说了一句赞叹的话：“这地方风景如画，可惜火车走得太快，一下子就要过去了。”某大员立刻招呼：“教火车停下来。”火车真的停下来了，让我们细细观赏那一片景物。此事不足为训，可是给了我一个难忘而复杂的感触“大丈夫不可一日无权”，但是享特权算得是大丈夫么？

头等乘客在未上车之前即已享受头等待遇，车站里有头等候车室。里面有座位，有茶水，有人代理票务。在台湾好像某些车站有所谓贵宾室，任何神气活现的人都可以走进去以贵宾姿态出现。上车的时候不需经由栅门剪票，他可以从一个侧门昂然而入，还有人笑容满面地照料他登车。其实，熙来攘往，无非名利之徒，谁是贵宾？

后记

潘霖先生来信说：“成渝铁路勘定路线与公路有相当距离，且成渝公路沿线有不少九十度直角弯道，实不可能循此线建铁路。”也许我所说的系传闻有误。

又，马晋封先生来信说：“抱犊谷之谷字该是崮。”

信用卡

二十年前，一位从来足未出国门一步的朋友，移民到了美国，数年后回国游玩，见了亲友就从怀中取出一叠信用卡，不下七八张之多，向大家炫示。或问此物作何用途，答曰："就凭这个东西，我身上不带一文钱，即可游遍天下。"话虽夸张，却也有几分近于实情。

信用卡就是商业机构发行的一种证明卡片，授权持有人凭卡到各特约商店用记账方式购买物品或服务。通常是按月结账，当然要加上一点服务费用。这样，买东西就很方便。一个主妇在超级市场买日用品，堆满一小车，到出口算账，出示信用卡，即可不必开支票，更无须付现，而且通常还可取得十元现钞作零用，一起算在账内。我的这位朋友买飞机票回国，也是使用信用卡。

用信用卡买东西等于是赊账，先享用后付钱。但是要负担服务费，等于付利息。而且有了信用卡，有些顾头不顾尾的人不免忘其所以地大事采购。等到月底结算，账单如雪片飞来，就发急得干瞪眼。“借钱如白捡，还钱认丧气。”把信用卡欠下的账还清，可能一个月的收入所剩无几。下个月手头空空，依然可以用信用卡度日。欠欠还还，还还欠欠，一年到头过着“虱多不痒，债多不愁”的日子。这就是一般美国人的生活方式。如今这个制度也传到我们国内，不过推行尚不甚广。

在美国几乎人人有信用卡，而且不止一张。如果一个人没有信用卡，有时候要遭遇困难。因为美国没有身份证，信用卡就可以证明身份。当初申请信用卡是经过一番相当严密查证手续的，有无职业、固定薪给若干，以及种种相关事项都要查得一清二楚。所以信用卡表示一个人的信用，也表示他有偿债的能力。一个人在美国非欠债不可，不欠债即无从表示其有偿债的能力。信用卡比身份证还有用。

这和我们的国情不大相合。我们传统的想法是在交易之际一手交钱一手交货，银货两讫，清清楚楚。许多饮食店都贴着一张字条：“小本经营，概不赊欠。”遇到白吃客硬要挂账，可能引起一场殴斗。可是稍大一点的餐馆，也有所谓签账之说，单凭签个字就可抹抹嘴扬长而去，这些豪客大半都是有来历的人，不签字记账不足以显出威风。餐馆老板强作笑颜，心里不是滋味。

从前我们旧社会不是没有欠账的制度。例如在北平，从前户口没有大的流动，老的商店都拥有一批老主顾。到饭馆去吃饭，柜上打电话到酒庄：“某某胡同的 × 二爷在我们这里，送两斤花雕来。”酒庄就知道 × 二爷平素爱喝的是多少钱一斤的酒，立刻就送了过去，钱记在 × 二爷的账上。欠账不是什么好事，唯独喝酒欠账，自古以来，就可以大言不惭地行之若素，杜工部不是说“酒债寻常行处有”，陆放翁不是也说“村酒可赊常痛饮”吗?

不要以为人穷志短才觍着脸去欠债。事实上越是长袖善舞的人越常欠债，而且债额大得惊人。俗语说“债台高筑”，形容人的负债之多。其实所谓“债台”并不是债务累积得像一座高台。“债台”乃是逃债之台。战国时，周赧王欠债甚多而无法清偿，而债主追索甚急，王乃逃往誃台以避债。誃台，亦作移台，古代宫中之别馆。《汉书》有云“逃责之台”，责即是债。古时就有逃债之说，不过只是躲在宫中别馆里而已，远不及我们现代人的逃债之高明，挟巨资远走高飞到海外做寓公!

由信用卡说到欠债，好像扯得太远了。其实是一桩事。不习惯举债的人，大概也不愿意使用信用卡。信用卡一旦遗失被窃或被仿造，还可能引起麻烦。

动物园

我爱逛动物园。从前北平西直门外有个三贝子花园，后来改建为万牲园，再后来为农业试验所。我小时候正赶上万牲园全盛时代。每逢春秋佳日父母辄带着我们几个孩子去逛一次。

万牲园门口站着两个巨人，职司剪票。他们究竟有多高，已不记得，不过从稚小的孩子眼里看来，仰而视之，高不可攀，低头看他的脚大得吓人！两个巨人一胖一瘦，都神情木然，好像是陷入了“小人国”，无可奈何地站在那里。万牲园的主事者找到这两个巨无霸把头关，也许是把他们当作珍禽异兽一般看待，供人观赏。至少我每次逛万牲园，最兴奋的第一桩事就是看那两位巨人。可惜没有三五年二人都先后谢世，后起无人，万牲园为之大为减色。

走进大门，有二入口，左为植物园，右为动物园。二园之间有路可通，游人先入动物园，然后循线入植物园，然后出口。中间还有一条沟渠一般的小河，可以行船，游人纳费登舟，可略享水上漂浮之趣。登船处有一小亭，额曰“松风水月”，未免小题大做。有河就不能没有桥，在畅观楼前面就起了一座相当高大的拱桥，俗所谓罗锅桥。桥本身不错，放在那里却有一些不伦不类。

植物园其实只是一个苗圃，既无古木参天，亦无丘陵起伏，一片平地，黄土成垄而已。但是也有两个建筑物。一个是畅观楼，据说是慈禧太后去颐和园时途经此地，特建此桥为息足之处。楼两层，洋式，内贮历朝西洋各国进贡的自鸣钟，满坑满谷，大大小小，形形色色，足有数百余具。当时海运初开，平民家中大抵都有自鸣钟，但是谁也没见过这样的场面，到此大开眼界。为什么这样多的自鸣钟集中陈列在此，我不知道。除了自鸣钟之外，还有两个不寻常的穿衣镜，一凹一凸，走近一照，不是把你照成面如削瓜，便是把你照成柿饼脸，所以这两个镜子号称为“一见哈哈笑”。孩子们无不嘻笑称奇。

另一建筑是豳风堂。是几间平房，但是堂庑宽敞，有棚可遮阳，茶座散落于其间。游客到此可以啜茗休息。堂名取得好，《诗经・豳风・七月》之篇，描述垄亩之间农家生活的况味。

植物园的风光不过如此，平凡无奇，但是，久居城市的人难得一嗅黄土泥的味道，难得一见果树成林的景象，到此顿觉精神一振。至于青年男女在这比较冷僻的地方携手同行，喁喁私语，当然更是觉得这是一个好去处了。

万牲园究竟是以动物园为主。这里的动物不多，可是披头散发的雄狮、斑斓吊睛的猛虎、笨拙庞大的犀牛、遍体条纹的斑马、浑身白斑的梅花鹿、甩着长鼻子龅着大牙的象、昂首阔步有翅而不能飞的鸵鸟、略具人形的狒狒、成群的抓耳挠腮的猕猴、蜿蜒腹行的巨蟒、藉刺防身的豪猪、时而摇头晃脑时而挺直人立的大黑狗熊，此外如大鹦鹉小金丝雀之类，也差不多应有尽有了。我难以忘怀的是在池塘柳荫之下并头而卧交颈而眠的那一对色彩鲜艳的鸳鸯，美极了。

动物关在笼里，一定很苦，就拿那黑熊来说，偌大的身躯长年地关在那方丈小笼之内，直如无期徒刑。虽然动物学家说，动物在心理上并不一定觉得它是被关在笼子里，而是人被关在笼子外，人不会来害它，它有安全感。我看也不一定安全，常有自恃为万物之灵的人，变着方法欺侮栅里的兽，例如把一根点燃了的纸烟递到象鼻的尖端，烫它一下。更有人拿石头掷击猴子，好像是到动物园来打猎似的！过不了多少年，园里的动物一个个地进了标本室，犹如人进了祠堂一般。是否都是“考终命”，谁知道？

动物一个个地老成凋谢，那些兽栅渐渐十室九空。显然，动物园已难以维持下去。我记得我最后一次去是在我二十岁左右的时候，偕友进得大门干脆左转，照直踱入植物园，在苗圃里徜徉半天，那萧索败落的动物园我不忍再去一顾。童时向往的万牲园，盛况已成陈迹了。

自从我离开北平，数十年仆仆南北，尚未看到过一个像样的动物园。我们中国人对于此道好像不甚考究。据司马相如的《上林赋》：汉武帝增扩的上林苑周袤三百里，其中包括了一个专供天子畋猎的动物园，可以“生貔豹，搏豺狼，手熊罴，足壄羊，蒙鹖苏，绔白虎，被斑文……”真是说得天花乱坠，恐怕只是文人词客的彩笔夸张，未必属实。我看见过的现代民间豢养的动物，无非是在某些公园中偶然一见的一两只虎，市尘游戏场中之耍猴子耍狗熊的等等而已。直到一九四九年我来到台湾，才得在台北圆山再度亲近一个动物园。

圆山动物园规模不算大，但是日本人经营的作风相当巧妙。岛国的人最擅长的是在咫尺之间造出那样多的曲折迂回。圆山动物园应是典型的东洋庭园艺术的一例。小小的一个山丘，竟有如许丘壑。最高处路旁有一茶肆，有高屋建瓴之势，凭窗远眺，于阡陌梯田之中常见小火车一列冒着蒸气蜿蜒而过。夕阳返照，情景相当幽绝。彼时我寓中山北路，得便常去一游。好多次看见成群的村姑结伴而行，一个个的手举着高跟鞋跣足登山坡，蔚为一景（如今皮鞋穿惯，不复见此奇景矣）。

有一次游园，正值园工手持活鸡伺蛇。游人蠡聚争睹此一奇观。我亦不禁心动，攘臂而前，挤入人丛，但人墙无由冲破，乃知难而退。退出后始发觉西装袋上所持之自来水笔已被人扒去。对我而言，当时失掉一支笔，损失很重。笑话中“人多处不可去”之阃训，不无道理。因此我想，我来动物园是来看动物，不是来看人。要看人，大街小巷万头攒动，何必到这里来凑热闹？从此动物园就少去。后来旁边又拓开了儿童乐园，我更加明白这不是属于我的去处。但是我对于那些动物还是很关心的。听说有些游客捉弄动物、虐待动物，我就非常愤懑，听说园中限于经费，有时虎豹之类不能吃饱，我也难过，因为我们把兽关进园内，它们就是我们的客，待客有待客之道，就如同我们家里养猫养狗，能让它们饔飧不继吗？

圆山动物园就要迁移新址，动物将有宽敞的自然的生活空间，我有五愿：

一愿它们顺利乔迁，
二愿它们此后快乐，
三愿园主园丁善待它们，
四愿游客不要虐待它们，
五愿大家不要污染环境。

我觉得动物园之迁移新地，近似整批囚犯的假释，又像是一次大规模的放生。

好多年前，记得好像是《新月》杂志第四期，载有一篇《动物园中的人》，是英国小说家David Garnett作，徐志摩译。小说的大意是叙述一个人自愿进入动物园，住进一个铁栏，作为动物的一类，任人参观。他被接受了，栏上挂着一个牌子“Homo Sapiens（灵长类）人”。下面注一行小字：“请游客不要惹恼他”。这只是小说的开端，志摩没有继续译下去。我劝他译完全篇，他口头答应但是没有做。虽是残篇译本，我们可以看出这部小说的构想不错。我至今忘不了这个残篇，就是因为我一直在想，想了几十年，想人类在动物界里究占什么样的地位。是万物之灵，灵在哪里？是动物中兽的同类，尚保有多少兽性？人性是什么？假如要我为《动物园中的人》写一篇较详细说明书，我将如何写法？这一连串的问题我一直在想，但是参不透。

旁若无人

“旁若无人”

在电影院里，我们大概都常遇到一种不愉快的经验。在你聚精会神地静坐着看电影的时候，会忽然觉得身下坐着的椅子颤动起来，动得很匀，不至于把你从座位里掀出去，动得很促，不至于把你颠摇入睡，颤动之快慢急徐，恰好令你觉得他讨厌。大概是轻微地震吧？左右探察震源，忽然又不颤动了。在你刚收起心来继续看电影的时候，颤动又来了。如果下决心寻找震源，不久就可以发现，毛病大概是出在附近的一位先生的大腿上。他的足尖踏在前排椅撑上，绷足了劲，利用腿筋的弹性，很优游地在那里发抖。如果这拘挛性的动作是由于羊痫风一类的病症的暴发，我们要原谅他，但是不像，他嘴里并不吐白沫。看样子也不像是神经衰弱，他的动作是能收能发的，时作时歇，指挥如意。若说他是有意使前后左右两排座客不得安生，却也不然。全是陌生人无仇无恨，我们站在被害人的立场上看，这种变态行为只有一种解释，那便是他的意志过于集中，忘记旁边还有别人，换言之，便是“旁若无人”的态度。

“旁若无人”的精神表现在日常行为上者不只一端。例如欠伸，原是常事，“气乏则欠，体倦则伸”。但是在稠人广众之中，张开血盆巨口，作吃人状，把口里的獠牙显露出来，再加上伸胳臂伸腿如演太极，那样子就不免吓人。有人打哈欠还带音乐的，其声呜呜然，如吹号角，如鸣警报，如猿啼，如鹤唳，音容并茂。《礼记》：“侍坐于君子，君子欠伸，撰杖屦，视日蚤莫，侍坐者请出矣。”是欠伸合于古礼，但亦以“君子”为限，平民岂可援引！对人伸胳臂张嘴，纵不吓人，至少令人觉得你是在逐客，或是表示你自己不能管制你自己的肢体。

邻居有叟，平常不大回家，每次归来必令我闻知。清晨有三声喷嚏，不只是清脆，而且洪亮，中气充沛。根据那声音之响我揣测必有异物入鼻，或是有人插入纸捻，那声音撞击在脸盆之上有金石声！随后是大排场的漱口，真是排山倒海，犹如骨鲠在喉，又似苍蝇下咽。再随后是三餐的饱嗝，一串串的咯声，像是下水道不甚畅通的样子。可惜隔着墙没能看见他剔牙，否则那一份刮垢磨光的钻探工程，场面也不会太小。

这一切“旁若无人”的表演究竟是偶然突发事件，经常令人困恼的乃是高声谈话。在喊“救命”的时候，声音当然不嫌其大，除非是脖子被人踩在脚底下，但是普通的谈话似乎可以令人听见为度，而无须一定要力竭声嘶地去振聋发聩。生理学告诉我们，发音的器官是很复杂的，说话一分钟要有九百个动作，有一百块筋肉在弛张；但是大多数人似乎还嫌不足，恨不得嘴上再长一个扩大器。有个外国人疑心我们国人的耳鼓生得异样，那层膜许是特别厚，非扯着脖子喊不能听见，所以说话总是像打架。这批评有多少真理，我不知道。不过我们国人会嚷的本领，是谁也不能否认的。电影场里电灯初灭的时候，总有几声“哎哟，小三儿，你在哪儿哪？”在戏院里，演员像是演哑剧，大锣大鼓之声依稀可闻，主要的声音是观众鼎沸，令人感觉好像是置身蛙塘。在旅馆里，好像前后左右都是庙会，不到夜深休想安眠，安眠之后难免没有响皮底的大皮靴，毫无惭愧地在你门前踱来踱去。天未大亮，又有各种市声前来侵扰。一个人大声说话，是本能；小声说话，是文明。以动物而论，狮吼、狼嗥、虎啸、驴鸣、犬吠，即是小如促织、蚯蚓，声音都不算小，都不会像人似的有时候也会低声说话。大概文明程度愈高，说话愈不以声大见长。群居的习惯愈久，愈不容易存留“旁若无人”的幻觉。我们以农立国，乡间地旷人稀，畎亩阡陌之间，低声说一句“早安”是不济事的，必得扯长了脖子喊一声“你吃过饭啦？”可怪的是，在人烟稠密的所在，人的喉咙还是不能缩小。更可异的是，纸驴嗓、破锣嗓、喇叭嗓、公鸡嗓，并不被一般的认为是缺陷，而且麻衣相法还公然地说，声音洪亮者主贵！

叔本华有一段寓言：

一群豪猪在一个寒冷的冬天挤在一起取暖，但是它们的刺毛开始互相击刺，于是不得不分散开。可是寒冷又把它们驱在一起，于是同样的事故又发生了。最后，经过几番的聚散。它们发现最好是彼此保持相当的距离。同样的，群居的需要使得人形的豪猪聚在一起，只是他们本性中的带刺的令人不快的刺毛使得彼此厌恶。他们最后发现的使彼此可以相安的那个距离，便是那一套礼貌；凡违犯礼貌者便要受严词警告——用英语来说——请保持相当距离。用这方法，彼此取暖的需要只是相当的满足了；可是彼此可以不致互刺。自己有些暖气的人情愿走得远远的，既不刺人，又可不受人刺。

逃避不是办法。我们只是希望人形的豪猪时常地提醒自己：这世界上除了自己还有别人，人形的豪猪既不止我一个，最好是把自己的大大小小的刺毛收敛一下，不必像孔雀开屏似的把自己的刺毛都尽量地伸张。

我所望于我的芳邻者：留声机问题

孟子曰："里仁为美。"我现在住的这个"里"就可以说是美了。弄底的那一家芳邻，很喜欢研究音乐，特别的是我们国粹的音乐，当然这是一件很值得鼓励的事。我们教孩子读书，购买书笔纸墨的费用，总是不能省的。所以这家芳邻，为研究音乐起见，置备了一个留声机，我觉得也不算是过分，而并且觉得是一种有出息的表示。但是，人类的耳鼓仅是薄薄的一层膜，还不如牛皮那样的坚韧，所以禁不起整天整夜的强烈的声浪的震动。这是人类生理上极大的一个缺憾。我的那家芳邻，对于我的这种缺憾，似乎很不能原谅。早晨七八点的时候，那家芳邻的留声机开始了。"我……好……比……浅……水……龙……"，把我惊醒了。这时候，我只是叹服这一家人的勤学不倦。夜晚十一二点的时候，那家芳邻已然唱到"我……好……比……笼……中……鸟……"了。这时候，我有一种感想，那个留声机恐怕是租赁来的，一天到晚的不可停唱。

要说我们不费分文，天天时时刻刻地听唱戏，我们应该感激人家。人家每逢开留声机的时候，总是八窗洞开，表示与民同乐的意思。但我是一个不知足的人，常有不情之请，希望人家多预备一两张片子。其实我那芳邻的收藏也总算可观了，片子有五六张之多，如《探母》，如《梅花三弄》，如《大鼓》，应有尽有，轮流演唱，决不该觉得厌烦。但我常想，纠合全弄的住户，捐几个钱，买一两张片子送给那家芳邻。我疑心那家芳邻对留声机结不解缘，恐怕是由于一种“复杂”，在变态心理的范围以内了。再不然，就许是奉有他们尊大人的遗嘱，日夜演唱，所以超度亡魂。但是，我们没有亡的魂，如何禁得起这样的超度。我屡次地想联合全弄的房客，上一个条陈，请他们在开演留声机的时候，五分钟前，按户通知，年轻力壮的人立刻跑出弄外暂避，老耄婴孩则通通用棉花把耳朵塞住。如此，大家方便。但是，人家要开留声机是人家的自由，为什么要预先通知你？并且人家一天要开八百二十次，每次要通知你，恐将不胜其烦。所以我对我的芳邻决不想作任何方式的干涉。我所望于我的芳邻者，就是，有一天，自不小心，把唱片打得粉碎！

推销术

一位朋友在美国旅行，坐在火车上昏昏欲睡，蓦然觉得肘边一触，发现在椅子上扶手的地方有一张小纸，纸上有十几颗油炸花生，鲜红的、油汪汪的、撒着盐粒的油炸花生。这是哪里来的呢？他回头一看，有一位身材高大的人端着一盘油炸花生刚刚走过去，他手里拿着一把银匙，他给每人面前放下一张纸，然后挖一勺花生。我的朋友是刚刚入境，尚未问俗，觉得好生奇怪，不知这个人是做甚么的。是卖花生的么？我既没有要买，他也并未要钱。只见他把花生定量配发以后，就匆匆地到另外一个车厢里去了。花生是富于诱惑性的，人在无聊的时候谁忍得住不捏一颗花生往口里送？既送进一颗之后，把馋虫逗起来了，谁忍得住不再拿第二颗？甚么东西都好抵抗，唯独诱惑最难抵抗。车上的客人都在嚅动着嘴巴嚼花生了。我的朋友也随着大家吃了起来。十几颗花生是禁不住几嚼的，霎时间，花生吃完了。可是肚子里不答应，嘴里也闹得慌，比当初不吃还难受。正在这难熬的当儿，那个大高个儿又来了，这一回他是提着一个大篮子，里面是一袋一袋的炸花生，两角钱一袋。旅客几乎没有不买一两袋的。吃过十几颗而不再买的也有，那大个子也只对他微微一笑，走过去了，原来起先配发的十几颗是样品，不取值。好精明的推销术！

我的朋友说，还有比这更霸道的。在家里住得好好的，忽然邮差送来一个小小的包裹，打开一看是肥皂公司寄来的两块肥皂，附着一封信，挺客气，恭维你一大顿，说只有你才配用这样超等的肥皂，这种肥皂如果和脸一接触，那感觉就比和任何别种东西接触都来得更为浑身通泰，临完是祝你一家子康健。我的朋友愣住了，问太太，问小姐，谁也没有要买他的肥皂。已经寄来了，就搁着吧。过了很久，也没有下文，不知是在哪一天也就拉扯着用了。也说不上好坏，反正可以起白沫子下油泥就是了。可是两块肥皂刚用完，信来了，问你要订购多少块，每块五角。我的朋友置之不理。过些天第三封信来了，这一回措辞还很客气，可是骨子里有点硬了，他问你为什么缘故不订购他的肥皂，是为了价钱贵么，是为了香气不够么，是为了硬度不合么，是为了颜色不美么……列举了一串理由，要你在那小方格里打个记号。活像是民意测验。我的朋友火了，把测验纸放进应该放进的地方去，骂了一句美国式的国骂。又过了不久，第四封信来了，措辞还是很谦逊，算是偿付那两块肥皂的价钱，便彼此两清了。人的耐性是有限度的，谁的耐性小谁算是输了。我的朋友赌气寄一元钱去，其怪遂绝。

据说某一医生也同样地收到这样的肥皂两块，也接到了四封啰唆的信，他的应付的方法是寄一小包药片给他，也恭维他一大顿，说只有您阁下才配吃这样的妙药，也问他要订购多少瓶，也问他为甚么不满意，最后也是索价一元，但是毋庸寄钱了，彼此抵消，两清。

这样的情形，在我们国内不易发生。谁舍得把一勺勺花生或一块块肥皂白白地当样品送出去？既送出之后，谁能再收回成本？我们是最现实的，得到一点点便宜之后，决不会再吐出来的。

可是我们也有我们传统的推销术，我们自古以来就讲究“良贾深藏若虚”。这是以退为进，以柔克刚的老法宝，我有一票货，无须大吹大擂，不必雇一队洋吹鼓手游街，亦无须都倒翻出来摆在玻璃窗里开展览会，更不花冤枉钱登广告，我干脆不推销，死等着顾客自己上门。买卖做得硬气，门口标明“只此一家，并无分店”。连分店都不肯设，多么倔！但是货出了名，自然有人上门，有人几百里跑来买东西。不推销反成为最好的推销术。

这样不推销的推销术，在北平最合适。北平有些店铺，主顾上门，不但不着急兜揽生意，而且于客气之中还寓有生疏之意。例如书店。进得店门，四壁图书虽然塞得满满的，但尽是些普通书籍，你若问他有甚么好书，他说没有什么，你说随便看看，他说请看请看。结果是你什么好书也看不见。但是你若去过几次，做成几回生意，情形就不同了，他会请你到里柜坐，再过些时请到后柜坐，升堂入室之后，箱子里的好书善本陆陆续续地都拿出来了。宋版的，元椠的，琳琅满目，还小声地嘱咐你，不要对外人说。于生意之外，还套着交情。

水果店也有类似的情形。你别看外面红红绿绿地摆着一大堆，有好的也有坏的，顶好的一路却在后面筐里藏着呢！你若不开口要看后面藏着的货色，他决不给你看。后面筐里，盖着一张张绵纸，揭开一看，全是没有渣儿的上等货。

这种“深藏若虚”的推销术有它的存在的理由。货物并非大量生产，所以无须急于到处推销。如果宋版书一刷就是几万份，也得放在地摊上一折八扣。如果莱阳梨、肥城桃大批运到北平，也不能一声不响地藏在后柜。而且社会相当稳定，买东西的人是固定的那么些个人，今年上门明年一定还来，几十年下来不会有什么大的变动。所以，小自酸梅汤、酱羊肉、茯苓饼、灌肠、薄脆、豆腐脑，都有一定的标准店铺，口碑相传，决无错误。如今时代不同了，人口在流动，家族在崩析，到处都像是个码头，今年不知明年事，所以商店的推销术也起了急剧的变化。就是在北平，你看，杂货店开张也要有两位小姐剪彩，油盐店也要装置大号的收音机，饭馆也要装霓虹招牌，满街上奇形怪状的广告，不是欢迎参观，就是敬请比较，不是货涌如山，就是拼命削价，唯恐主顾不上门——只欠门口再站两个彪形大汉，见人就往里拉！

暴发户

暴发户，外国也有，叫作 Parvenu 或 Nouveau riche，义为新贵新富。这一种人有鲜明的特征，在人群中自成一格，令人一眼就可以辨认出来。旧戏里有一个小丑曾说过这样的一句话："树小墙新画不古，此人必是内务府。"挖苦暴发户，入木三分。

内务府是前清的一个衙门，掌管大内的财务出纳，以及祭礼、宴飨、膳馐、衣服、赐予、刑法、工作、教习，职务繁杂，组织庞大，下分七司三院，其长官名为总理大臣。凡能厕身其间者，无不被人艳羡，视为肥缺。"三年清知府，十万雪花银"，何况是给皇帝佬儿办总务？经手三分肥，内务府当差的几乎个个暴发。

人在暴发之后，第一桩事多半是求田问舍。锯木头，盖房子，叱咤立办，山节藻棁，玉砌雕栏，亦非难致。唯独想在庭院之中立即拥有三槐五柳，婆娑掩映于朱门绣户之间，则非人力财力所能立即实现。十年树木，还是保守的说法，十年过后也许几株龙柏可以不再需要木架扶持，也许那些七杈八杈韵味毫无的油加利猛窜三两丈高。时间没有成熟之前，房子尽管富丽堂皇，堂前也只好放四盆石榴树，几窠夹竹桃，南墙脚摆几盆秋海棠。树，如果有，一定是小的。新盖的房子，墙也一定是新的，丹、青、赭、垩，光艳照人，还没来得及风雨剥蚀，还没来得及接受行人题名、顽童刻画、野狗遗溺。此之谓树小墙新。

暴发户对于室内装潢是相当考究的。进得门来，迎面少不得一个特大号的红地洒金的“福”字斗方，是倒挂着的，表示福到了。如果一排五个斗方当然更好，那是五福临门。室内灯饰，不比寻常。通常是八盏粗制滥造的仿古宫灯，因为楠木框花毛玻璃已不可得，象牙饰丝线穗更不必说。此外墙上、柱上、梁上、天花板上，还有无数的大大小小的电灯，甚至还有一串串的跑灯、霓虹灯，略似电视综艺节目之豪华场面。墙上也许还挂起一两幅政要亲笔题款的玉照，主人借以对客指点曰：“某公厚我，某公厚我。”但是墙上没有画是不行的，乃斥巨资定绘牡丹图，牡丹是五色的，象征五福临门，未放的花苞要多，象征多子多孙，题曰“富贵满堂”。如果这一幅还不够，可再加一幅猫蝶图，或是一幅“鹤鹿同春”，鹤要红顶，鹿要梅花。总之是画不古，顶多也许有一张仇十洲的仕女或是郑板桥的墨竹，好像稍为古一点点，但是谁愿说穿是真迹还是赝品？

新屋落成而不宴宾客，那简直是衣锦夜行。于是詹吉折简，大张盛筵，席开三桌，座位次序都经过审慎的考虑安排，中间一桌是政界，大小首长；右边一桌是商界，公司大亨；左边一桌只能算是

“各界”，非官非商的一些闲杂人等。整套的银器出笼，也许是镀银，光亮耀眼，大型的器皿都是下有保温的热水屉，上有覆罩的碗盖。如果是鸡鸭，碗盖雕塑成鸡鸭形，如果是鱼，则成鱼形。碗足上、筷子上都刻有题字曰“某某自置”。一旁伺候的男女佣人，全穿制服，白布长衫旗袍，领口、袖口、下摆还绲着红边。至于席上的珍馐，则肴旅重叠，燔炙满案。客人连声夸好，主人则忙不迭地说：“家常便饭不成敬意。”

饭前饭后少不得要引导宾客参观新居，这是宴客的主要项目。先从客厅看起，长廊广庑，敞豁有容，中间是一块大地毯，主人说明是波斯制品，可是很明显的图案不像。几套皮垫大沙发之外，有一套远看像是楠木雕花长案、小几、太师椅之类的古老家具。长案之上有百古架、玉如意、百鹿敦、金钟、玉磬，挤得密密杂杂。小几前面居然还有蓝花白瓷的痰盂。旁边可能有一大箱热带鱼，另一边可能有大型立体音响。至于电视机，那就一定不止一台了。寝室里四壁至少有两面全是镜子，花灯照耀之下，有如置身水晶宫中。高广大床，锦帱绣帐，松软的弹簧床垫像是一大块天使蛋糕。浴缸则像是小型游泳池。书房也有一间，几净窗明，文房四宝罗列井然。书柜里有廿五史、百科全书，以及六法全书，一律布面烫金，金光熠熠。后院有温室一间，里面挂着几盆刚开败了的洋兰。众宾客参观完毕，啧啧称赞，可是其中也有一位冷冷地低声地说：“这全是邓闲之功！”人问其语出何典，他说：“不记得《水浒传》‘王婆贪贿说风情’，有所谓五字诀么？”众皆粲然，主人也似懂非懂地跟着大家哈、哈、哈。

主人在仰着头打哈哈的时候，脖梗子上明显地露出三道厚厚的肥肉折叠起来的沟痕。大腹便便，虽不至“垂腴尺余”，也够瞧老大半天。“乐然后笑”，心里欢畅，自然就面团团，不时地辗然而笑。常言道：“人非横财不富，马无夜草不肥。”横财自何处来？没有人事前知道，只能说是逼人而来，说得玄虚一点便是自来处来。不过事后分析，也可找出一些蛛丝马迹，不会没有因缘。大抵其人投机冒险，而又遭逢时会，遂令竖子暴发。“君子之泽，五世而斩。”暴发户呢？其兴也暴，很可能“眼看他起高楼，眼看他宴宾客，眼看他楼塌了”！

一条野狗

野狗当道，有司捕杀之，吾无间然。

夜深人静，常听到犬吠之声盈耳，哀而且厉，随即寂然。我初以为是狗屠出来猎狩，收集香肉，供人大嚼。后来听说是市府派出来的专人收捕野狗。他们的猎具简单，一根棍子，顶端系上一个铅铁丝圈的活套，瞄准了套在狗颈上面，越拉愈紧，狗便无法挣脱。提起狗来往停在路边的车子里一甩，凑足了十个八个，送往拘留场所，三日无人认领，则聚而歼之，无稍贷。对市民而言，这是德政。

从前我的居处楼上有人养狗，我从未见过这狗，不知其为雌雄、妍媸、胖瘦。但是狗准时狂吠，准在黎明的时候以极不悦耳的短促而连续的声音嗥叫，惊醒上下左右邻人的清睡。熟睡中被惊醒是很难受的。古人形容人民之安居乐业的现象之一是“狗不夜吠”（见《后汉书·循吏传》）。有一天菁清在电梯中遇到狗主人，说起这条狗，委婉地请求她能不能“无使尨也吠”。狗主人反问：“你搬来多久了？”菁清说：“将近一月。”狗主人说：“我在此地养这条狗将近三年了。”言外之意是，她和她的狗已经是资深的住户，一切早已定型，传统不容置疑。我闻之不禁叹息，有其人必有其狗。可是睦邻要紧，何况这狗不是野狗，所以这桩事只好列为百忍的项目之一。忍了两年，忽不闻犬吠，人犬俱杳，大概是搬走了。

历史重演，我现在住的地方又有一条狗半夜里汪汪地叫，不是在楼上，是在街上，原是一家店铺豢养的一只母狗，店铺关门，狗被遗弃，变成了野狗。它在附近餐馆偶然拾些残羹剩炙，苟全性命，但是瘦骨嶙峋，棕黑色的毛脱落了一半，同时还长满了虱。别看它这副腌臢相，在一群落魄的公狗的眼里，它还是眉清目秀的。果然，有一夜晚，一群野狗狺狺然骚动起来，争相追逐这只可怜的母狗。结果是不免。群狗哄散，不久这条狗就大腹膨亨了。大概狗在怀胎期间格外容易感觉到饿，所以它叫得格外凄厉。菁清和我时常外出就餐，偶然剩余的菜肴便大包小包地携带回家，菁清没有浪费的习惯，归途遇见这只母狗，菁清顺手打开包裹，投以肉骨之类。一只狗真正饥饿的时候，饥火中烧，忽然看见肉骨，饥火会从眼里直冒出来。它急急忙忙地大口吞嚼。咔嚓咔嚓之声可闻，还不时地左顾右盼，唯恐谁来夺食。吃完之后，还要舔地，好像是意犹未足。菁清索兴以全部剩食投赠，它如风卷残云一般吃得一干二净。饿狗得食，那份满足的样子给人印象至深。此后我们就时常喂它，它好像认识我们了，见到我们就摇它的尾巴，这是它的礼貌。

我们只是“随所见物，发慈悲心”（莲池大师语），并不是对这只野狗有所偏爱。

有一天，楼下餐馆主人说，那只野狗利用他后门外的一角空地产下了五只小狗。菁清就劝店主喂养它们，店主也答应了，只是把三只小狗送人，留下两只。我们看见了这两只，肥肥胖胖，满地打滚，一白色一棕色。天地之大德曰生，狗也在一切有情之内。现在母狗长得丰满了，皮毛也显著悦泽，母性焕发，怡然自得，再也不黎明狂吠扰人清梦了。我们为它庆幸，“得其所哉”！尤其是看它喂奶给小狗吃的那副舒坦的样子，令人兴起愉愉之感。

忽然有一天餐馆主人告诉我们，那条狗被抓走了！我们立刻就想到捕狗人员用铁圈套狗的样子，不免戚然。问店主要不要去认领，他摇摇头。“那两只小狗怎么办呢？”他说：“我们会喂它。”说着说着那两只小狗跑过来了，依然欢蹦乱跳，满地打滚，不晓得覆巢之下岂有完卵！

我知道那条狗还可以苟延残喘三天，这三天中，我不时地想到了它。三天过后，万事皆空，它的影子仍然不时地浮现在我心里。这条狗并不美丰姿，比起什么狮子狗、狐狸狗、哈巴狗、牧羊狗、大丹狗、香肠狗、牛头狗……都差得远。我没有抚摩过它，只是偶有一饭之恩。奈何三日已过而仍萦绕我的心怀？我的心怀已经是满满的，不能再容纳一只无家可归惨遭捕杀的野狗。我想唯一的释怀的方法是把这一桩事写出来，也许写出来之后心里就会觉得释然。试试看。

一只野猫

流浪街头无人豢养的猫，叫作野猫。通常是瘦得皮包骨，一身渍泥，瞪着大眼嗥嗥地叫，见人就跑。英语称之为街猫，以别于家猫，似较为确切，因为野猫是另一种东西，本名 lynx，我们称之为山猫，大概也就是我们酒席上的果子狸。

稀脏邋遢的孩子，在街上鬼混，我们称之为野孩子。其实他和良家子弟属于同一品种，不是蛮荒的野人的孑遗，只是缺乏教养失去了家庭温暖的可怜的孩子。猫也是一样。踯躅街头嗷嗷待哺的猫，我也似乎不该叫它为野猫，只因一时想不起较合适的名称，暂时委屈它一下称之为野猫吧。

一般的野猫，其实是驯顺的，而且很胆怯。在垃圾堆旁的野猫都是贼眉鼠眼的，一面寻食，一面怕狗，更怕那些比狗更凶的人。我们在街上看见几只野猫，怜其孤苦伶仃，顶多付诸一叹，焉能广为庇护使尽得其所？但是如果一只野猫不时地在你大门外出现，时常跟着你走，有时候到了夜晚蹲在你的门前守候着你，等你走近便叫一声“咪噢”，而你听起来好像是叫一声“妈”……恐怕你就不能不心动一下，恻隐之心，人皆有之。

菁清最近遇到了这样的一只野猫。白毛，大块的黑斑，耳朵是黑的，尾巴是黑的，背上疏疏落落的有三五大块黑，显着粗豪，但不难看，很脏，但是很胖，也许本是家猫而被遗弃的，也许它善于保养而猎食有道。它跟了菁清几天，她不能恝置不理了，俯下身去摸摸它，哇，毛一缕缕地粘结在一起，刚鬣鬅鬙，大概是好久不曾梳洗。

“我们把它抱到家里来吧？”菁清说。

我断然说：“不可。”

我们家已经有白猫王子和黑猫公主，一雌一雄，其饮食起居以及医药卫生之所需，已经使我们两个忙得团团转，如果善门大开，寒家之内势将喧宾夺主。菁清听了没说什么，拿一钵鱼一盂水送到门口外，就像是在路边给过往行人“奉茶”的那个样子。

如是者数日，野猫每日准时到达门口领食，更难得的是施主每日准时放置饮食于固定之处待领。有时吆喝一声，它不知从哪里窜了出来，欣然领受这份嗟来之食。

有好几天不见猫来。心想不妙，必是遭遇了什么意外。果然，它再度出现时，尾巴中间一截血淋淋的毛皮尽脱，露出一段细细的似断未断的骨头。它有气无力地叫，我猜想也许是被哪一家的弹簧门夹住了尾巴。菁清说一定是狗咬的。本来尾巴没有用，老早就该进化淘汰掉的，留着总是要惹麻烦。菁清说：“以后教它上楼到我们房门口来吃吧。”我看着它的血丝糊拉的尾巴，也只好点点头。从此这只猫更上一层楼，到了我们的房门口。不过我有话在先，我在这里画最后一道线，不能再越雷池一步，登堂入室是决不可以的。菁清说：“这只猫，总得有个名字，就叫它‘小花子’吧。”怜其境遇如乞食的小叫花子，同时它又是一身黑白花。

小花子到房门口，身份好像升了一级。尾巴的伤养好了，猫有九条命，些许皮肉之伤算不了什么。菁清给它梳洗了一番，立刻容光焕发。看它直咳嗽，又喂了它几颗保济丸。它好想走进我们的房间，有时候伸一只爪子隔在门缝里，不让我们关门，我心里好惭愧，为什么这样自私，不肯再多给它一点温暖！菁清拿出一条棉絮放在门外，小花子吃饱之后，照例洗洗脸，便蜷着身子在棉絮上面睡了。小花子仅仅免于冻馁而已。它晚间来到门口膳宿，白天就不知道云游何处了。

白猫王子听得门外有同类的呼声，起初是兴奋，观察许久，发出呼噜的吼声，小花子吓得倒退。对于这不速之客，白猫王子好像不表欢迎。一门之隔，幸与不幸，判如霄壤。一个是食鲜眠锦，一个是踵门乞食。世间没有平等可言！

二手烟

我是吸烟的世家子弟，经过三代的熏染，自然成为此道老手。我抽雪茄，一天不超过一支，饭后偶一为之。我抽烟斗，一度终日斗不离手。但是我抽纸烟，则有三十年的历史，直到日尽一听，而意犹未足。牙齿熏黑了，指尖染黄了，不以为憾。

我认识一个人，抽烟的历史比我长，烟瘾比我大，为了省钱专抽什么蜜蜂牌、公鸡牌的廉价烟。枕边长备香烟火柴，早晨醒来第一桩事就是躺着吸一根烟，然后再起床。而且常表演一手特技，猛吸一口烟，闭上嘴，硬把烟咽了下去。天长日久，他的肺烂了。那时候大家还不知道什么肺癌之说，或称之曰肺痈。后来他就在咳嗽之中大口大口地吐出一块块瘀血烂肺而亡。我照常抽烟，不以为戒。

劝人戒烟的说法很多。“你若省下买烟的钱，十年二十年之后可用以购置一幢房子。”最好的回答是：“阁下不抽烟，请问你的房子安在？”提起吸烟之害，话题就多了，诸如损食欲、污牙齿、引口臭……耳熟能详，谁不知道。人不可无嗜好，人各有所好，“我自调心，不干汝事”。于是我就我行我素继续不断地抽下去。吸烟是我生活中不可或少的一部分。

有一天，在学校的一个会议里，我嘴上叼着烟斗，摆头的电扇忽从背后吹来一阵风，把我烟斗里的半燃着的烟草吹得满天星斗，而且直吹到对面坐着的一位女士的身上，灰烬落在她的薄衫上面，幸而没把她的衣服烧出洞，也没有酿成火灾。她吓得惊叫，我只得连声道歉。事后我为了这件事苦闷了好几天。

自古志行高洁之士，我想，都是有所为有所不为，有适当的选择能力，有高度克己自制的功夫。我也是人，为什么要心甘情愿地受烟草里的尼古丁所挟持支配而不能自拔？我想从戒烟一件小事测验我自己究竟有没有一点点自制的能力。于是我把当时所有的烟斗、纸烟、雪茄一起抛弃，以示破釜沉舟之意。只有大大小小的烟灰缸没有丢。就这样的“冷火鸡”方式使我脱离了烟籍。

最近看到《新闻周刊》（一九八六年七月二十八日）的一段纪事，我大为感动。美国第二大烟草制作商瑞诺兹公司的大股东之一瑞诺兹先生，三十一岁，以演员为业，两年前把烟戒掉，如今更进一步加入“美国肺脏学会”，参加该学会所发起的“反吸烟运动”，并作为发言人。瑞诺兹公司是他祖父所创立，营业鼎盛，祖孙三代吃着不尽，但是他毅然决定摆脱家族关系，解除了他的股权。虽然他自承其动机是由于他的父亲五十八岁死于肺气肿，他自爱爱人的勇气仍然是很难得的。有人讥笑他，说他是“咬了伸手喂他的人”。他回答说：“那双喂过我的手，也杀死过数以百万计的人，且将继续杀死更多的数以百万计的人。”瑞诺兹先生可以说是“知耻近乎勇”。

由于报章宣传，我才知道二手烟之为害于人有甚于直接吸烟者。我回想起，从前吸鸦片的人家，常喜欢含一大口烟喷那蜷伏烟榻旁的哈巴狗。不久那哈巴狗也上了瘾，不按时喷它，它也会涕泗交流。如今美国有人提倡反吸烟运动，从拒绝吸二手烟做起，是很合理的。我国所受烟害已经创痛巨深，听说现在中小学学生吸烟的人数与日俱增，着实可怕。日前我在一家餐馆吃饭，邻桌的几位先生兴致甚豪，饮食之外猛吸纸烟，吞云吐雾，怡然自得。我心想，你愿吞云，尽可由你，你要吐雾，则连累他人，万使不得，我不能干涉他，我只能避席换座。

房东与房客

狗见了猫，猫见了耗子，全没有好气，总不免怒目相视、龇牙咧嘴，一场格斗了事。上天生物就是这样，生生相克，总得斗。房东与房客，或房客与房东，其间的关系也是同样的不祥。在房东眼里，房客很少有好东西；在房客眼里，房东根本就没有一个好东西。利害冲突，彼此很难维持人与人之间应有的常态。

房东的哲学往往是这样的："来看房的那个人，看样子就面生可疑。我的房子能随便租给人？租给他开白面房子怎么办？将来非找个妥保不可。你看他那个神儿！房子的间架矮哩，院子窄哩，地点偏哩，房租贵哩，褒贬得一文不值，好像是谁请他来住似的！你不合适不会不住？我说得清清楚楚，你没有家眷我可不租，他说他有。我问他是干什么的，他死不张嘴，再不就是吞吞吐吐，八成不是好人。可是后来我还是租给他了。他往里一搬，哎呀，怎那么多人口，也不知究竟是几家子？瘪嘴的老太太有好几位，孩子一大串，兔儿爷似的一个比一个高。住了没有几个月，房子糟蹋得不成样子，雪白的墙角上他堆煤，披麻绿油的影壁上画了粉笔的飞机与乌龟，砖缝里的草长了一人多高，沟眼也堵死了，水龙头也歪了，地板上的油漆也磨光了，天花板也熏黑了，玻璃窗也用高丽纸锔补了，门环子也掉了……唉，简直是遭劫！房租到期还要拖欠，早一天取固然不成，过几天取也常要碰钉子，'过两天再来吧'，'下月一起付罢'，'太太不在家'，'先付半个月的罢'，'我们还没有发薪哪，发了薪给你送去'……好，房租取不到，还得白跑道，腿杆儿都跑细了。他不给租钱，还挺横，你去取租的时候，他就叫你蹲在门口儿，砰的一声把大门关上了，好像是你欠他的钱！也有到时候把房租送上门来的，这主儿更难缠，说不定他早做了二房东，他怕我去调查。租人家的房子住人的，有几个是有良心的？……"

房客的哲学又是一套："这房东的房子多得很，'吃瓦片儿的'，任事不做，靠房钱吃饭。这房子一点儿也不合局，我要是有钱决不租这样的房子，我是凑合着住。一进门就是三份儿，一房一茶一打扫，比阎王还凶。没法子，给你。还要打铺保？我人地生疏，哪里找保去？难道我还能把你的房子吃掉不成？你问我家里人口多不多？你管得着么？难道房东还带查户口？'不准转租'，我自己还不够住的呢！可是我要把南房腾空转租，你也管不了，反正我不欠你的房租。'不准拖欠'，噫，我要是有钱我决不拖欠。这个月我迟领了几天薪，房东就三天两头儿地找上门来，好像是有几年没付房钱似的，搅得我一家不安。谁没有个手头儿发窘？何苦！房钱错了一天也不行，急如星火，可是那天下雨房漏了，打了八次电话，他也不派人来修，把我的被褥都湿脏了。阴沟堵住了，院里积了一汪子水，也不来修。门环掉了，都是我自己找人修的。他还觍着脸催房钱！无耻！我住了这样久，没糟蹋你一间房子，墙、柱子都好好的，没摘过你一扇门、一扇窗子，还要怎样？这样的房客你哪里找去？……”

房东、房客如此之不相容，租赁的关系不是很容易决裂的吗？啊不，比离婚还难。房东虽然不好，房子还是要住的；房客虽然不好，房子不能不由他住。主客之间永远是紧张的，谁也不把谁当作君子看。

这还是承平时代的情形。在通货膨胀的时代，双方的无名火都提高了好几十丈，提起了对方的时候恐怕牙都要发痒。

房东的哲学要追加这样一部分：“你这几个房钱够干什么的？你以后不必给房钱了，每个月给我几个烧饼好了。一开口就是‘老房客’，老房客就该白住房？你也打听打听现在的市价，顶费要几条几条的，房租要一袋一袋的，我的房租不到市价的十分之一，人不可没有良心。你嫌贵，你别处租租试试看。你说年头不好，你没有钱，你可以住小房呀！谁叫你住这么大的一所？没有钱，就该找三间房忍着去，你还要场面？你要是一个钱都没有，就该白住房么？我一家子指着房钱吃饭哪！你也不是我的儿子，我为什么让你白住？……”

房客方面也追加理由如下："我这么多年没欠过租，我们的友谊要紧。房钱不是没有涨过，我自动地还给你涨过一次呢，要说是市价一间一袋的话，那不合法，那是高抬物价，市侩作风，说到哪里也是你没理。人不可不知足。你要涨到多少才叫够？我的薪水也并没有跟着物价涨。才几个月的工夫，又啰唆着要涨房租，亏你说得出口！你是房东、资产阶级，你不知没房住的苦，何必在穷人身上打算盘？不用废话了，等我的薪水下次调整，也给你加一点儿，多少总得加你一点儿，这个月还是这么多，你爱拿不拿！你不拿，我放在提存处去，不是我欠租。……"

闹到这个地步，关系该断绝了罢？啊不。房客赌气搬家，不，这个气赌不得，赌财不赌气。房东撵房客搬家，更不行，撵人搬家是最伤天害理的事，谁也不同情，而且事实上也撵不动，房客像是生了根一般。打官司么？房东心里明白：请律师递状、开庭、试行和解、开庭辩论、宣判、二审、三审、执行，这一套程序不要两年也得一年半，不合算。没法子，怄罢。房东和房客就这样地在怄着。

世界上就没有人懂得一点儿宾主之谊、客客气气、好来好散的么？有。不过那是在"君子国"里。

感恩节的生活纪实

一

早晨起来用早餐的时候，房东的三姑娘就着我的耳朵低声地说："梁！——我们今天要吃火鸡了！"这样咬耳朵的举动是不曾有过的，所以我当时颇为吃惊，以为是"有大难将至"。阿弥陀佛，原来是吃火鸡而已。三姑娘把这重要消息泄露以后，便自言自语地说："我还记得去年感恩节是我有生以来头一次尝火鸡……"对面二姑娘插嘴了：

"哪里是去年呀？那是前年……"

一多和我从餐室回到房里；一多在里屋画图，我在外屋译诗。十二点多钟的时候，一多在里屋叫起来了："怎么还不吃饭啊？"

"忍着点儿罢！伙计！你不知道今天是吃火鸡吗？"

墙上的时钟敲了一点，我的肚子里同时地"咕噜"地响了一声，如同洗脸盆放水的声音似的。我忍不住叫起来了："怎么还不吃饭啊？"

"你也忍着一点儿罢！伙计！"

房门上砰砰地敲了几响，我满心欢喜，知道肚子的救兵到了。大姑娘推开门，递给我一盘杏仁胡桃糖果，她说："这是请你们二位吃的！"嫣然一笑地去了。吃饭还是杳无消息。

一多不住地把糖果向嘴里输入，连说："蜜枣好吃，蜜枣好吃！"

"你少吃罢！你中了诡计了！今天既吃火鸡，又送糖果，此中必有缘故。送糖果者，是预填我们的肚子，免得吃起火鸡来有'并吞八荒'之虞。"

"对了，对了，我不吃了，外国人是真坏！……"

这时候盘子里还剩了几块红的玫瑰糖，黄的柠檬糖，白的薄荷糖，棕色的蔻蔻糖……

我忽然想"如厕"，厕所的门正在锁着。我于是怏怏不得志。一多笑了：

"哈哈！你又上了鬼当了！今天吃火鸡，所以房东把厕所暂且封闭，这无非是为防备我们的肚子的容量太大的缘故。所以一方面送糖果，一方面锁厕所——双管齐下，以省火鸡。"

三姑娘终于来敲门，说："请用膳！"

"嗳哟！大慈大悲救苦救难……"

二

桌上陈列着一只硕大无朋的火鸡。房东度德量力，以为九个人吃这一只鸡未免太暴殄天物，于是请了两位客。房东先生谢了他的耶稣以后，便左手执叉，右手操刀，砉然的一声，大鸡的一根大腿割下来了。接连着砉然了好几声，火鸡遂惨遭裂尸之刑。每人嚼着一块鸡尸，俅俅然，兪兪然，踌躇而满志。

“我的肚子胀得厉害！”

“外边走走去罢，五点钟美术教授还请我们吃晚饭哪。”

“现在什么时候了？”

“三点半。”

我们在散步的时候，一致通过把今天（耶稣诞生一千九百二十三年十一月廿九日）定为《房东家传》里的一个重要日期，为后代子孙便于记忆起见，取名曰“Turkey Day”（“火鸡日。”——编者注）。并且决定今天经过的记述须占全书的一个 chapter（章节。——编者注）。因为吃火鸡决不是一件平常的事，有历史的价值的。

三

美术教授是两位五十多岁的姑娘。她们除了请一多和我以外，还请了两位妙龄女郎，K 与 S，都是一多同班的。

K 穿着黄绢的长袍，头发作金黄色，皮肤之白嫩就与蜡一般，举止端详和羔羊似的。

S脸上山陵起伏，凹凸不平，并且下颚比上颚约长七八分的光景，所以樱桃小口总不能十分地合缝。

两位教授坐在桌的两端，一多和K坐在一边，我和S坐在一边。“幸与不幸，有若此者！”

晚饭吃的东西，仍是以火鸡为主，佐以淡涩的葡萄酒。吃过了晚饭，S先告别了。两位教授和K姑娘和一多和我便移到客厅，用扑克牌“算命”；

K的命（fortune）大致是：

“不久将遇到一个红头发的男子，结果是嫁了他……”

一多的命大致是：

“不久将接到月费；又接到一封信，信里面有关于一个黑头发的女子的消息……”

我的命大致是：

“也许今天晚上就掉到爱情里了……但是不能成功。结果还是娶一个黑头发女子……”

命才算完，门外忽然停驻了一辆汽车，车里跳出一个红头发的男子，原来他是来接K姑娘去看电影。于是一多和我便看着K和红发男子双双地走了出去！

四

夜里十一点，一多和我才回到家里。

“黄衣女郎怎样？”

“好啊！……我坐在她旁边，细看她的手臂简直光润极了，没有那可怕的黄毛……娇小玲珑，温文尔雅！”

“我正有同感！那个红发怪真可恶！……”

早晨吃剩的一盘糖还在桌上，一多抢着把两块黄色的糖放在口里吞了，拍着掌说：“啊！啊！我把黄衣女郎吃去了！”他说着，又把一块红的拿起来用力地向地上摔了下去，“摔死你这红发怪！”

“啊，啊，Don’t get sentimental！！！”

我坐在摇椅上，一声不响，连着吸了三支烟，只觉得心里闷得难过。

留学生纽约遇盗纪

贪便宜老戆上当　设妙计黑奴行劫

纽约这个地方，五方杂处，三教九流，无一不备，繁华扰攘，甲于全球。而奇闻怪事，也就层出不绝。我们中国留学生在纽约一带读书的，或听说是读书的，合计不下三百人。三百人中当然是形形色色不一而足。有一位姓仇的，还有一位姓汪的，我单提这两位，就因为他们是我这篇纪事的主人公了。

仇先生说：“我想买只手表。”

汪先生说：“我陪你到第五街去，好不好？”

仇先生说：“那地方去买，太贵。”

“那么，你买一只一元货的鹰格索罢。”

“我要买好点的表，而价钱又要便宜。”

汪先生说：“等有机会再说罢！”

他们二位就真个静等机会，天天看报，看有没有减价的地方，天天到拍卖行，看有没有便宜货。这样过了好久，仇先生依然是“无表阶级”，心中闷闷不乐。

“不是冤家不对头”。有一天，仇、汪二位，在百老汇路大学楼吃晚饭，饭后散步，迎头来了一个黑奴，面如炭色，唇红齿白，笑容可掬，走近之后，黑奴拍着仇先生的肩膀说道：“喂，查利，我这里有个金表，你要不要？”说着，从口袋里掏出一只金表，亮晶晶的很是不错。“我只要两块半钱，就卖给你！”

仇先生笑逐颜开，拍掌称善，正是踏破铁鞋无觅处，得来全不费工夫，马上就要掏钱买表。汪先生也很羡慕他的幸运，极口夸赞如何便宜。

黑人说：“别忙，查利，我家里还有比这个更好的呢！”

“你府上住在什么地方？”

黑人把他又黑又粗的手指往前面一指，说：“就在前面。”

于是汪、仇二先生随着黑奴走去，行行重行行，拐弯抹角，走进一个极深极僻的狭巷。汪先生有点胆怯，说：“这是什么地方？我们不去了。”黑奴说：“就在前面便是我的家，请少安毋躁。”

又弯弯曲曲地走了一阵，到一个黑暗无灯的门前，黑奴鞠躬如也，说声：“请进吧，这便是舍下，龌龊得很，有屈尊客了！”

仇先生进去了，汪先生也跟进去了。屋里真真黑，暗中摸索，似乎摸到了楼梯。黑奴道歉说：“对不起，我的屋子在楼上，请屈尊登楼罢！”

“怎么这样黑呀？”汪先生扯着仇先生的衣角说。

黑奴听见了，说：“对不住，今天电灯坏了。”

走到楼上，仇先生止住步，汪先生问屋子在什么地方。黑奴说：“请再上一层。”

上了一层，黑奴又说：“请再上一层。”又上了一层，黑奴又说：“请再上一层。”在纽约一二十层的高楼遍地皆是，黑奴是个穷人，住在最高几层的楼上，原是很普通的事。所以仇、汪两位也就坦然地上楼，真所谓“欲买便宜货，更上一层楼”。但是顶高的十几层楼，里面没有灯火，并且没有人声，这便有点奇怪，必非住家的地方。所以汪先生便渐渐地疑心，上一层楼他的疑心加重一分，轻轻地在仇先生耳边用中国话说：“咱们别上了，有点情形不对。”两人不由分说，回头就想下楼。黑奴在他们身后，看见他们想脱逃，说时迟那时快，掏出一把牛耳尖刀，厉声说：“快上楼去！”

仇汪二先生俯首帖耳地上楼，上，上，上，上到楼房的露顶。

黑奴连发了好几道命令：“站到东南角上去！”

“脱下衣服来！”

“脱下裤子来！”

“脱下袜子来！”……

仇、汪二先生现在是赤条条的一丝不挂了。两个人亭亭玉立，不知所措。仇先生吓得魂不附体，汪先生魂儿飞到了半天。汪先生还记得从前听人说过黑人颇好男风，益发为难起来。

黑奴把他们两位的衣服聚拢起来，搜刮银钱等物，笑嘻嘻地走了。两位想去追赶，彼此对看都是赤条条的，忍不住又好笑，只得耐心把衣裤穿起，这个时候，黑奴不知跑到什么地方去了。仇先生和汪先生这才下楼，默默地记识了这个房屋的所在，登时报了警察。

没有几天，黑奴被侦探捕获了。黑奴反告了仇先生一个诬告的罪，于是打起官司，数月不得结果，弄得仇先生欲罢不能。终于官司赢了，原赃发还，黑奴监禁。

听说仇先生后来还是买了一个一元货的鹰格索。

搬家

搬家

人讥笑我，说我大概是吃了耗子药，否则怎么会五年之内搬了三次家。搬家是辛苦事。除非是真的家徒四壁，任谁都会蓄积一些弃之可惜留之无用的东西，到了搬家的时候才最感觉到累赘。小时候师长就谆谆告诫不可暴殄天物，常引陶侃竹头木屑的故事为例，所以长大了之后很难改除收藏废物的习惯，日积月累，满坑满谷全是东西。其中一部分还怪不得我，都是朋友们的宠锡嘉贶，有些还真是近似“白象”，也不管蜗居逼仄到什么地步，一头接着一头的“白象”接踵而来，常常是在拜领之后就进了储藏室或是束之高阁。到了搬家的时候，陈谷子烂芝麻一齐出仓，还是哪一样都舍不得丢。没办法，照搬。我认识一个人，他也是有这个爱惜物资的老毛病，当年他到外国读书，订购牛奶每天一瓶，喝完牛奶之后觉得那瓶子实在可爱，洗干净之后通明剔透，舍不得丢进垃圾桶，就放在屋角，久而久之成了一大堆，地板有压坏之虞，无法处理，最后花一笔钱才请人为之清除。我倒不至于这样的痴，可是毛病也不少。别的不提，单说朋友们的来信，我照例往一只抽屉里一丢，并非庋藏，可是一抽屉一抽屉的塞得结结实实，难道搬家时也带了走？要想审阅一遍去芜存菁，那工程也很浩大，无已，硬着头皮选出少数的存留，剩下的大部分的朵云华签最好是付之丙丁，然而那要构成空气污染也于心不忍，只好弃之，好在内中并无机密。我还听说有一位先生，每天看完报纸必定折叠整齐，一天一沓，一月一捆，久之堆积到充栋的地步，一日行经其下，报纸堆突然倒坍，老先生压在底下受伤竟至不治。我每次搬家必定割舍许多平素不肯抛弃的东西，可叹的是旧的才去新的又来。

搬一次家要动员好多人力。我小时在北平有过两次搬家的经验。大敞车、排子车、人力车，外加十个八个“窝脖儿的”，忙活十天半个月才暂告段落。所谓“窝脖儿的”，也许有人还没听说过，凡是精致的家具，如全堂的紫檀、大理石心的硬木桌椅，以至于玻璃罩的大座钟和穿衣镜等等，都禁不得磕碰，不能用车运送，就是雕花的柜橱之类也不能上车。于是要雇请“窝脖儿的”来任艰巨。顾名思义，他的运输工具主要的就是他的脖颈。他把头低下来，用一块麻包之类的东西垫在他的脖颈上，再加上一块夹板，几百斤重的东西架在他的脖子上，他伸出两手扶着，就健步如飞地上路了。我曾察看他的脖子，与众不同，有一大块青紫的肉坟起如驼峰，是这一行业的标记。后来有所谓搬场公司，这一行就没落了。可是据我的经验，所谓搬场公司虽然扬言服务周到，打个电话就来，可是事到临头，三五个粗壮大汉七手八脚的像拆除大队似的把东西塞满大卡车、小发财，一声吆喝，风驰电掣而去，这时候我便不由地想起从前的“窝脖儿的”那一行业。搬一次家，家具缺胳膊短腿是保不齐的，至若碰瘪几个坑、擦掉几块漆，那是题中应有之义，可以算作是一种折旧。如果搬家也可以用货柜制度该有多好，即使有人要在你忙乱之际顺手牵羊，也将无所施其技。

搬一次家如生一场病，好久好久才能苏息过来，又好久好久才能习惯下来。这一切都没有什么可怨的，只要有个地方可以栖迟也就罢了。我从小到大，居住的地方越搬越小，从前有个三进五进外加几个跨院，如今则以坪计。喜乐先生给我画过一幅《故居图》，是极高明的一幅界画，于俯瞰透视之中绘出平昔宴居之趣，悬在壁上不时地撩起我的故园之思，而那旧式的庭院也是值得怀念的。如今我的家越搬越高，搬到了十几层之上，在这一点上倒是名副其实的乔迁。

俗话说“千金买房，万金买邻”，旨哉言也。孟母三迁，还不是为了邻居不大理想？假使孟母生于今日，卜居一大城市之中，恐怕非一日一迁不可。孟母三迁，首先是因为其舍近墓，后来迁居市傍，其地又为贾人炫卖之所，最后徙居学宫之傍，才决定安居下去。“昔孟母，择邻处”，主要是为了孩子，怕孩子受环境影响，似尚不曾考虑环境的安宁、卫生等等条件。如今择邻而处，真是万难。我如今的住处，左也是学宫，右也是学宫，几曾见有“设俎豆揖让进退之事”？时常是哓聒之声盈耳，再不就是操场上的扩音喇叭疯狂地叫喊。贾人炫卖更是常事，如果楼下没有修理汽车的小肆之夜以继日的敲敲打打就算是万幸了。我住的地方位于台北盆地之中，四面是山，应该是有“山花如水净，山鸟与云闲”（王荆公诗）的景致，但是不，远山常为雾罩，眼前看到的全是栉比鳞次的鸽子笼。而且千不该万不该我买了一具望远镜，等到天朗气清之日向远山望去，哇！全是累累的坟墓。我想起洛阳北门外有北邙山，“北邙山头少闲土，尽是洛阳人旧墓”（王建诗），城外多少土馒头，城内多少馒头馅，亘古如斯，倒也不是什么值得特别感慨的事。不过我住的地方是傍着一条交通孔道，早早晚晚车如流水，轰轰隆隆，其中最令人心惊的莫过于丧车。张籍诗：“洛阳北门北邙道，丧车辚辚入秋草。”我所听到的声音不只是辚辚，于辚辚之外还有锣、鼓、喇叭、唢呐，以及不知名的敲打吹腔的乐器，有不成节奏的节奏和不成腔调的腔调。不过有一回我听出了所奏的是《苏武牧羊》。这种乐队车常不止一辆，场面大的可能有十辆八辆，南管北管、洋鼓洋号各显其能。这种大出丧、小出丧，若遇黄道吉日，一天可能有几十档子由我楼下经过。有人来贺新居问我，住在这样的地方听这种声音，是不是不大吉利。我说，这有什么不吉利。想起王荆公一首五古《两山间》，其中有这样几句：

我欲抛山去，山仍劝我还。
只应身后冢，亦是眼中山。
且复依山住，归鞍未可攀。

台北家居

“长安米贵，居大不易”，原是调侃白居易名字的戏语。台北米不贵，可是居也不易。

一九四九年左右来台北定居的人，大概都有一个共同的感觉，觉得一生奔走四方，以在台北居住的这一段期间为最长久，而且也最安定。不过台北家居生活，三十多年中，也有不少变化。

我幸运，来到台北三天就借得一栋日式房屋。约有三十多坪，前后都有小小的院子，前院有两窠香蕉，隔着窗子可以窥视累累的香蕉长大，有时还可以静听雨打蕉叶的声音。没有围墙，只有矮矮的栅门，一推就开。室内铺的是榻榻米，其中吸收了水气不少，微有霉味，寄居的蚂蚁当然密度很高。没有纱窗，蚊蚋出入自由，到了晚间没有客人敢赖在我家久留不去。“衡门之下，可以栖迟。”不久，大家的生活逐渐改良了，铁丝纱、尼龙纱铺上了窗栏，很多人都混上了床，藤椅、藤沙发也广泛地出现，榻榻米店铺被淘汰了。

在未装纱窗之前，大白昼我曾眼看着一个穿长衫的人推我栅门而入，他不敲房门，径自走到窗前伸手拿起窗台上放着的一只闹钟，扬长而去。我追出去的时候，他已经一溜烟地跑了。这不算偷，不算抢，只是不告而取，而且取后未还。好在这种事起初不常有。窃贼不多的原因之一是一般人家里没有多少值得一偷的东西。我有一位朋友一连遭窃数次，都是把他床上铺盖席卷而去，对于一个身无长物的人来说，这也不能不说是损失惨重了。我家后来也蒙梁上君子惠顾过一回，他闯入厨房搬走一只破旧的电饭锅。我马上买了一只新的，因为要吃饭不可一日无此君。不是我没料到拿去的破锅不足以厌其望，并且会受到师父的辱骂，说不定会再来找补一点甚么，而是我大意了，没有把新锅藏起来，果然，第二天夜里，新锅不翼而飞。此后我就坚壁清野，把不愿被人携去的东西妥为收藏。

中等人家不能不雇佣人，至少要有人负责炊事。此间乡间少女到城市帮佣，原来很大部分是想借此摄取经验，以为异日主持中馈的准备，所以主客相待以礼，恰如其分。这和雇用三河县老妈子就迥异其趣了。可是这种情况急遽变化，工厂多起来了，商店多起来了，到处都需要女工，人孰无自尊，谁也不甘长久地为人“断苏切脯，筑肉臛芋”。于是供求失调，工资暴涨，而且服务的情形也不易得到雇主的满意。好多人家都抱怨，佣人出去看电影要为她等门；她要交男友，不胜其扰；她要看电视，非看完一切节目不休；

她要休假、返乡、借支，她打破碗盏不作声；她敞开水管洗衣服。在另一方面，她也有她的抱怨：主妇碎嘴唠叨，而且服务项目之多恨不得要向王褒的《僮约》看齐，“不得辰出夜入，交关伴偶”。总之不久缘尽，不欢而散的居多。此今局面不同了。多数人家不用女工，最多只用半工，或以钟点计工。不少妇女回到厨房自主中馈。懒的时候打开冰箱取出陈年剩菜或是罐头冷冻的东西，不必翻食谱，不必起油锅，拼拼凑凑，即可度命。馋的时候，合家外出，台北餐馆大大小小一千四百余家，平津、宁浙、淮扬、川、湘、粤，任凭选择，牛肉面、自助餐，也行。妙在所费不太多，孩子们皆大欢喜，主妇怡然自得，主男也无须拉长驴脸站在厨房水槽前面洗盘碗。

台北的日式房屋现已难得一见，能拆的几乎早已拆光。一般的人家居住在四楼的公寓或七楼以上的大厦。这种房子实际上就像是鸽窝蜂房。通常前面有个几尺宽的小阳台，上面排列几盆尘灰渍染的花草，恹恹无生气；楼上浇花，楼下落雨，行人淋头。后面也有个更小的阳台，悬有衣裤招展的万国旗。客人来访，一进门也许抬头看见一个倒挂着的“福”字，低头看到一大堆半新不旧的拖鞋——也许要换鞋，也许不要换，也许主人希望你换而口里说不用换，也许你不想换而问主人要不要换，也许你硬是不换而使主人瞪你一眼。客来献茶？没有那么方便的开水，都是利用热水瓶。盖碗好像早已失传，大部分是使用玻璃杯。其实正常的人家，客已渐渐稀少，谁也没有太多的闲暇串门子闲磕牙，有事需要先期电话要约。杜甫诗："但使残年饱吃饭，只愿无事长相见"，现在不行，无事为什么还要长相见？

"千金买房，万金买邻"话是不错，但是谈何容易？谁也料不到，楼上一家偶尔要午夜跳舞，蓬拆之声盈耳；隔壁一家常打麻将，连战通宵；对门一家养哈巴狗，不分晨夕地吠影吠声，一位新来的住户提出抗议，那狗主人忿然作色说："你搬来多久？我的狗在此已经吠了两年多。"街坊四邻不断地有人装修房屋，而且要装修得像电视综艺节目的背景，敲敲打打历时经旬不止。最可怕的是楼下开了一家汽车修理厂，日夜服务，不但叮叮当当响起敲打乐，而且漆髹焊接一概俱全，马达声、喇叭声不绝于耳。还有葬车出殡，一路上有音乐伴奏，不时地燃放爆竹，更不幸的是邻近有人办白事，连夜地诵经放焰口，那就更不得安生了。"大隐隐朝市"，我有一位朋友想"小隐隐陵薮"，搬到乡野，一走了之，但是立刻就有好心的人劝阻他说："万万不可，乡下无医院，万一心脏病发，来不及送院急救，怕就要中道崩殂！"我的朋友吓得只好客居在红尘万丈的闹市之中。

家居不可无娱乐。卫生麻将大概是一些太太的天下。说它卫生也不无道理，至少上肢运动频数，近似蛙式游泳。只要时间不太长、输赢不大，十圈八圈地通力合作，总比在外面为非作歹、伤风败俗要好得多。公务人员与知识分子也有乐此不疲者。梁任公先生说过："只有打麻将能令我忘却读书，只有读书能令我忘却打麻将。"我们觉得饱学如梁先生者，不妨打打麻将。也许电视是如今最受欢迎的家庭娱乐了，只要具有初高中程度，或略识之无，甚至文盲，都可以欣赏。当然，胃口需要相当强健，否则看了一些狞眉皱眼怪模怪样而自以为有趣的面孔，或是奇装异服不男不女蹦蹦跳跳的人妖，岂不要作呕？年轻的一代，自有他们的天地，郊游、露营、电影院、舞厅、咖啡馆，都是赏心悦目的胜地，家庭有娱乐，对他们而言，恐怕是渐渐地认为不大可能了。

五十多年前，丁西林先生对我说，他理想中的家庭具备五个条件：一是糊涂的老爷，二是能干的太太，三是干净的孩子，四是和气的佣人，五是二十四小时的热水供应。这是他个人的理想，但也并非是笑话。他所谓糊涂，当然是“小事糊涂，大事不糊涂”；所谓能干，是指里里外外、上上下下一手承担；所谓干净，是说穿戴整洁不淌鼻涕；所谓和气，是吃饱喝足之后所自然流露出来的一股温暖；至于热水供应，则是属于现代设备的问题。如果丁先生现住台北，他会修正他的理想。旧时北平中上之家讲究“天棚、鱼缸、石榴树、先生、肥狗、胖丫头”，那理想更简单了。台北家居，无所谓天棚，中上人家都有冷气，热带鱼和金鱼缸各有情趣，石榴树不见得不如兰花，家里请先生则近似恶补，养猫养狗更是稀松平常，病了还有猫狗专科医院可以就诊（在外国见到的猫狗美容院此地尚付阙如），胖丫头则丫头制度已不存在，遑论胖与不胖？说不定胖了还要设法减肥。

台北家居是相当安全的。舞动长刀扁钻杀人越货的事常有所闻，不过独行盗登门抢劫的事是少有的。像某些国家之动辄抢银行、劫火车，则此地之安谧甚为显然。夜不闭户是办不到的，好多人家窗上装了栅栏甘愿尝受铁窗风味，也无非是戒慎预防之意。至于流氓滋事，无地无之，是非之地少去便是。台北究竟是一个住家的好地方。

双城记

这“双城记”与狄更斯的小说《二城故事》无关。

我所谓的双城是指我们的台北与美国的西雅图。对这两个城市，我都有一点粗略的认识。在台北我住了三十多年，搬过六次家，从德惠街搬到辛亥路，吃过拜拜，挤过花朝，游过孔庙，逛过万华，究竟所知有限。高阶层的灯红酒绿，低阶层的褐衣蔬食，接触不多，平素交游活动的范围也很狭小，疏慵成性，画地为牢，中华路以西即甚少涉足。西雅图（简称西市）是美国西北部一大港口，若干年来我曾访问过不下十次，居留期间长则三两年，短则一两月，闭门家中坐的时候多，因为虽有胜情而无济胜之具，即或驾言出游，也不过是浮光掠影。所以我说我对这两个城市，只有一点粗略的认识。

我向不欲侈谈中西文化，更不敢妄加比较。只因所知不够宽广，不够深入。中国文化历史悠久，不是片言可以概括；西方文化也够博大精深，非一时一地的一鳞半爪所能代表。我现在所要谈的只是就两个城市，凭个人耳目所及，一些浅显的感受或观察。“贤者识其大，不贤者识其小”，如是而已。

两个地方的气候不同。台北地处亚热带，又是一个盆地，环市皆山。我从楼头俯瞰，常见白茫茫的一片，好像有“气蒸云梦泽”的气势。到了黄梅天，衣服被褥总是湿漉漉的。夏季午后常有阵雨，来得骤，去得急，雷电交掣之后，雨过天晴。台风过境，则排山倒海，像是要耸散穹隆，应是台湾一景，台北也偶叨临幸。西市在美国西北隅海港内，其纬度相当于我国东北之哈尔滨与齐齐哈尔，赖有海洋暖流调剂，冬天虽亦雨雪霏霏而不至于酷寒，夏季则早晚特凉，夜眠需拥重毯。也有连绵的霪雨，但晴时天朗气清，长空万里。我曾见长虹横亘，作一百八十度，罩盖半边天。凌晨四时，暾出东方，日薄崦嵫要在晚间九时以后。

我从台北来，着夏季衣裳，西市机场内有暖气，尚不觉有异，一出机场大门立刻觉得寒气逼人，家人乃急以厚重大衣加身。我深吸一口大气，沁入肺腑，有似冰心在玉壶。我回到台北去，一出有冷气的机场，熏风扑面，遍体生津，俨如落进一镬热粥糜。不过，人各有所好，不可一概而论。我认识一位生长台北而长居西市的朋友，据告非常想念台北，想念台北的一切，尤其是想念台北夏之湿黏燠热的天气！

西市的天气干爽，凭窗远眺，但见山是山，水是水，红的是花，绿的是叶，轮廓分明，纤微毕现，而且色泽鲜艳。我们台北路边也有树，重阳木、霸王椰、红棉树、白千层……都很壮观，不过树叶上蒙了一层灰尘，只有到了阳明山才能看见像打了蜡似的绿叶。

西市家家有烟囱，但是个个烟囱不冒烟。壁炉里烧着火光熊熊的大木橛，多半是假的，是电动的机关。晴时可以望见积雪皑皑的瑞尼尔山，好像是浮在半天中；北望喀斯开山脉若隐若现。台北则异于是。很少人家有烟囱，很多人家在房顶上、在院子里、在道路边烧纸、烧垃圾，东一把火西一股烟，大有“夜举烽，昼燔燧”之致。凭窗亦可看山，我天天看得见的是近在咫尺的蟾蜍山。近山绿，远山青。观音山则永远是淡淡的一抹花青，大屯山则更常是云深不知处了。不过我们也不可忘记，圣海伦斯火山爆发，如果风向稍偏一点，西市也会变得灰头土脸！

对于一个爱花木的人来说，两城各有千秋。西市有著名的州花山杜鹃，繁花如簇，光艳照人，几乎没有一家庭园间不有几棵点缀。此外如茶花、玫瑰、辛夷、球茎海棠，也都茁壮可喜。此地花厂很多，规模大而品类繁。最难得的是台湾气候养不好的牡丹，此地偶可一见。友人马逢华伉俪精心培植了几株牡丹，黄色者尤为高雅，我今年来此稍迟，枝头仅余一朵，蒙剪下见贻，案头瓶供，五日而谢。严格讲，台北气候、土壤似不特宜莳花，但各地名花荟萃于是。如台北选举市花，窃谓杜鹃宜推魁首。这杜鹃不同于西市的山杜鹃，体态轻盈小巧，而又耐热耐干。台北艺兰之风甚盛，洋兰、蝴蝶兰、石斛兰都穷极娇艳，到处有之，唯花美叶美而又有淡淡幽香者为素心兰，此所以被人称为“君子之香”而又可以入画。

水仙也是台北一绝，每逢新年，岁朝清供之中，凌波仙子为必不可少之一员。以视西市之所谓水仙，路旁泽畔一大片一大片的临风招展，其情趣又大不相同。

夜不闭户，路不拾遗，乃想象中的大同世界，古今中外从来没有过一个地方真正实现过。人性本有善良一面、丑恶一面，故人群中欲其“不稂不莠”，实不可能。大体上能保持法律与秩序，大多数人民能安居乐业，就算是治安良好，其形态、其程度在各地容有不同而已。

台北之治安良好是举世闻名的。我于三十几年之中，只轮到一次独行盗公然登堂入室，抢夺了一只手表和一把钞票，而且他于十二小时内落网，于十二日内伏诛。而且在我奉传指证人犯的时候，他还对我说了一声“对不起”。至于剪绺扒窃之徒，则何处无之？我于三十几年中只失落了三支自来水笔，一次是在动物园看蛇吃鸡，一次是在公共汽车里，一次是在成都路行人道上。都怪自己不小心。此外家里蒙贼光顾若干次，一共只损失了两具大同电饭锅，也许是因为寒舍实在别无长物。“大搬家”的事常有所闻，大概是其中琳琅满目值得一搬。台北民房窗上多装铁栅，其状不雅，火警时难以逃生，久为中外人士所诟病。西市的屋窗皆不装铁栏，而且没有围墙，顶多设短栏栅防狗。可是我在西市下榻之处，数年内即有三次昏夜中承蒙嬉皮之类的青年以啤酒瓶砸烂玻璃窗，报警后，警车于数分钟内到达，开一报案号码由事主收执，此后也就没有下文。衙门机关的大扇门窗照砸，私人家里的窗户算得什么！银行门口大型盆树也有人夤夜搬走。不过说来这都是癣疥之疾。明火抢银行才是大案子，西市也发生过几起，报纸上轻描淡写，大家也司空见惯，这是台北所没有的事。

“台北市虎”目中无人，尤其是拼命三郎所骑的嘟嘟响冒青烟的机车，横冲直撞，见缝就钻，红砖道上也常如虎出柙。谁以为斑马线安全，谁可能吃眼前亏。有人说这里的交通秩序之乱甲于全球，我没有周游过世界，不敢妄言。西市的情形则确是两样，不晓得一般驾车的人为什么那样的服从成性，见了“停”字就停，也不管前面有无行人车辆。时常行人过街，驾车的人停车向你点头挥手，只是没听见他说“您请！您请！”我也见过两车相撞，奇怪的是两方并未骂街，从容地交换姓名、住址及保险公司的行号，分别离去，不伤和气。也没有聚集一大堆人看热闹。可是谁也不能不承认，台北的计程车满街跑，呼之即来，方便之极。虽然这也要靠运气，可能司机先生蓬首垢面、跣足拖鞋，也可能嫌你路程太短而怨气冲天，也可能他的车座年久失修而坑洼不平，也可能他烟瘾大发而火星烟屑飞落到你的胸襟，也可能他看你可欺而把车开到荒郊野外掏出一把起子而对你强……不过这是难得一遇的事。在台北坐出租车还算是安全的，比行人穿越马路要安全得多。西市出租车少，是因为私有汽车太多，物以稀为贵，所以清早要雇车到飞机场，需要前一晚就要洽约，而且车费也很高昂，不过不像我们桃园机场的车那样的乱。

吃在台北，一说起来就会令许多老饕流涎三尺。大小餐馆林立，各种口味都有。有人说中国的烹饪艺术只有在台湾能保持于不坠。这个说起来话长。目前在台北的厨师，各省籍的都有，而所谓北方的、宁浙的、广东的、四川的等等餐馆掌勺的人，一大部分未必是师承有自的行家，很可能是略窥门径的“二把刀”。点一个辣子鸡、醋熘鱼、红烧鲍鱼、回锅肉……立刻就可以品出其中含有多少家乡风味。也许是限于调货，手艺不便施展。例如烤鸭，就没有一家能够水准，因为根本没有那种适宜于烤的鸭。大家思乡嘴馋，依稀彷佛之中觉得聊胜于无而已。整桌的酒席，内容丰盛近于奢靡，可置不论。平民食物，事关大众，才是我们所最关心的。台北的小吃店大排档常有物美价廉的各地食物；一般而论，人民食物在质量上尚很充分，唯在营养、卫生方面则尚有待改进。一般的厨房炊具、用具、洗涤、储藏，都不够清洁。有人进餐厅，先察看其厕所及厨房，如不满意，回头就走，至少下次不再问津。我每天吃油条烧饼，有人警告我：“当心烧饼里有老鼠屎！”我翌日细察，果然不诬，吓得我好久好久不敢尝试，其实看看那桶既浑且黑的洗碗水，也就足以令人趑趄不前了。

美国的食物，全国各地无大差异。常听人讥评美国人，文化浅，不会吃。有人初到美国留学，穷得日以罐头充饥，遂以为美国人的食物与狗食无大差异。事实上，有些嬉皮还真是常吃狗食罐头，以表示其箪食瓢饮的风度。美国人不善烹调，也是事实，不过以他们的聪明才智，如肯下工夫于调和鼎鼐，恐亦未必逊于其他国家。他们的生活紧张，凡事讲究快速和效率，普通工作的人，午餐时间由半小时至一小时，我没听说过身心健全的人还有所谓“午睡”。他们的吃食简单，他们也有类似便当的食盒，但是我没听说过蒸热便当再吃。他们的平民食物是汉堡三文治、热狗、炸鸡、炸鱼、比萨等等，价廉而快速简便，随身有五指钢叉，吃过抹抹嘴就行了。说起汉堡三文治，我们台北也有，但是偷工减料，相形见绌。麦当劳的大型汉堡，里面油多肉多菜多，厚厚实实，拿在手里滚热，吃在口里喷香。我吃过两次赫尔飞的咸肉汉堡三明治，体形更大，双层肉饼，再加上几条部分透明的咸肉、番茄、洋葱、沙拉酱，需要把嘴张大到最大限度方能一口咬下去。西市滨海，蛤王、蟹王、各种鱼、虾，以及江瑶柱等等，无不鲜美。台北有蚵仔煎，西市有蚵羹，差可媲美。肯得基炸鸡，面糊有秘方，台北仿制像是东施效颦一无是处。西市餐馆不分大小，经常接受清洁检查，经常有公开处罚勒令改进之事，值得令人喝彩，卫生行政人员显然不是尸位素餐之辈。

台北的牛排馆不少，但是求其不像是皮鞋底而能咀嚼下咽者并不多觏。西市的牛排大致软韧合度而含汁浆。居民几乎家家后院有烤肉的设备，时常一家烤肉三家香，不必一定要到海滨、山上去燔炙，这种风味不是家居台北者所能领略。

西雅图地广人稀，历史短而规模大，住宅区和商业区有相当距离。五十多万人口，就有好几十处公园。市政府与华盛顿大学共有的植物园就在市中心区，真所谓闹中取静，尤为难得可贵。海滨的几处公园，有沙滩，可以掘蛤，可以捞海带，可以观赏海鸥飞翔，渔舟点点。义勇兵公园里有艺术馆（门前立着的石兽翁仲是从中国搬去的），有温室（内有台湾的兰花）。到处都有原始森林保存剩下的参天古木。西市是美国西北部荒野边陲开辟出来的一个现代都市。我们的台北是一个古老的城市，突然繁荣发展，以致到处有张皇失措的现象。房地价格在西市以上。楼上住宅，楼下可能是乌烟瘴气的汽车修理厂，或是铁工厂，或是洗衣店。横七竖八的市招令人眼花缭乱。

大街道上摊贩云集，是台北的一景，其实这也是古老传统“市集”的遗风。古时日中为市，我们是入夜摆摊。警察来则哄然而逃，警察去则蜂然复聚。买卖双方怡然称便。有几条街的摊贩已成定型，各有专营的行当，好像没有人取缔。最近，一些学生也参加了行列，声势益发浩大。西市没有摊贩之说，人穷急了抢银行，谁肯博此蝇头之利？不过海滨也有一个少数民族麇集的摊贩市场，卖鱼鲜、菜蔬、杂货之类，还不时地有些大胡子青年弹吉他唱曲，在那里助兴讨钱。有一回我在那里的街头徘徊，突闻一缕异香袭人，发现街角有推车小贩，卖糖炒栗子，要二角五分一颗，他是意大利人。这和我们台北沿街贩卖烤白薯的情形颇为近似。也曾看见过推车子卖油炸圈饼的。夏季，住宅区内，偶有三轮汽车叮当铃响地缓缓而行，逗孩子们从家门飞奔出来买冰淇淋。除此以外，住宅区一片寂静，巷内少人行。门前车马稀，没听过汽车喇叭响，哪有我们台北热闹？

西市盛产木材，一般房屋都是木造的，木料很坚实，围墙栅栏也是木造的居多。一般住家都是平房，高楼公寓并不多见。这和我们的四层公寓、七层大厦的景况不同。因此，家家都有前庭后院，家家都割草莳花，而很难得一见有人在阳光下晒晾衣服。讲到衣服，美国人很不讲究，大概只有银行职员、政府官吏、公司店伙才整套西装打领结。如果遇到一个中国人服装整齐，大概可以料想他是刚从台湾来。从前大学校园里，教授的特殊标志是打领结，现亦不复然，也常是随随便便的一副褦襶相。所谓“汽车房旧物发卖”或“慈善性义卖”之类，有时候五角钱可以买到一件外套，一元钱可以买到一身西装，还相当不错。

西市的垃圾处理是由一家民营公司承办。每星期固定一日有汽车挨户收取，这汽车是密闭的，没有我们台北垃圾车之《少女的祈祷》的乐声，司机一声不响跳下车来把各家门前的垃圾桶扛在肩上往车里一丢，里面的机关发动就把垃圾辗碎了。在台北，一辆垃圾车配有好几位工人，大家一面忙着搬运一面忙着做垃圾分类的工作，塑料袋放在一堆，玻璃瓶又是一堆，厚纸箱又是一堆。最无用的垃圾运到较偏僻的地方摊开来，还有人做第二梯次的爬梳工作。

西市的人喜欢户外生活，我们台北的人好像是偏爱室内的游戏。西市湖滨的游艇蚁聚，好多汽车顶上驮着机船满街跑。到处有人清晨慢跑，风雨无阻。滑雪、爬山、露营，青年人趋之若鹜。山难之事似乎不大听说。

不知是谁造了“月亮外国的圆”这样一句俏皮的反语，挖苦盲目崇洋的人。偏偏又有人喜欢搬出杜工部的一句诗“月是故乡圆”，这就有点画蛇添足了。何况杜诗原意也不是说故乡的月亮比异地的圆，只是说遥想故乡此刻也是月圆之时而已。我所描写的双城，瑕瑜互见，也许，揭了自己的疮疤，长了他人的志气，也许，没有违反见贤思齐闻过则喜的道理，唯读者谅之。

一九八一年六月二十一日　西雅图

球赛

凡是球赛都多少具有一些战斗意味。双方斗智斗力斗技，以期压倒对方，取得胜利。人，本有好斗的本能，和其他的动物无殊。发泄这种本能之最痛快的方法，莫如掀起一场战争。攻城略地，血流漂杵，一将功成万骨枯，代价未免太大。如果把战斗的范围缩小，以一只球作为争夺的对象之象征，而且制订时间，时间一到立刻鸣金收兵，划定规则，犯规即予惩罚不贷，这样一来则好勇斗狠的本能发泄无遗，而好来好散，不伤和气。所以球赛之事，到处盛行。球赛不仅是两队队员在拼你死我活，还一定包括奇形怪状如中疯魔的啦啦队，以及数以千计万计摇旗呐喊的所谓球迷，是集体的战斗行动。

年轻人戒之在斗，年轻人就是好斗。但是也不限于年轻人。自己不斗，斗鸡、斗蟋蟀、斗鹌鹑也是好的，看赛狗赛马也很过瘾。就是街上狗打架，也会引来一圈人驻足而观。何况两队精挑细选的赳赳壮汉，服装鲜明，代表机关团体，堂堂地进入场地对决？

球赛之事，学校里最盛行。我在小学念书的那几年就常在上体操的时候改为踢足球。一班分为两队。不过一切都很简陋。有球场但是没有粉灰界线，两根竹竿插地就算是球门，皮球要用口吹气，后来才晓得利用脚踏车的唧筒。无所谓球鞋，冬天穿的大毛窝最适用。有时候一脚踢出去，皮球和大毛窝齐飞。无所谓制服，其中一队用一条红布缠臂便足资识别。无所谓时限，摇铃下课便是比赛终了。无所谓前锋后卫，除了门守之外大家一窝蜂。一个个累得精疲力竭汗流浃背，但是觉得有趣。在没有体育课的时候，也会三三五五地聚在一起，找个小橡皮球，随地踢踢也觉得聊胜于无。

我进入清华，局面不同了。想踢球，天天可踢。而且每逢周末，常有校外的球队来赛球，或篮球或足球。校际比赛，非同小可，好像一场球赛的输赢，事关校誉。我是属于一旁呐喊的一群，两只拳头握得紧紧的，直冒冷汗。记得有一次南方来了一支足球劲旅，过去和清华在球上屡次见过高低，这回又来挑衅，旧敌重逢，分外眼红。清华摆出的阵势：前锋五虎，居中是徐仲良、左姚醒黄、右关颂韬、右翼华秀升、左翼小邝（忘其名）、后卫李汝祺、门守陆懋德等。这一场鏖战，清华赢了，结果是星期一全校放假一天，信不信由你，真有这种事。更奇怪的事，事隔约七十年，我还记得，印象之深可想。篮球赛也是一样的紧张刺激。记得城里某校的球队实力很强，是清华的劲敌，其中有一位特别的刁钻难缠，头额上常裹一条不很干净的毛巾，在乱军之中出出入入，一步也不放松，非达到目的不止，这位骁将我特别欣赏，不知其姓名，只听得他的伙伴喊他做“老魏”。老魏如仍健在，应该是九十岁左右了。

球场里打球，有时候也会添一段余兴作为插曲，于打球之外也打人。球员争球，难免要动肝火，互挥老拳，其他的队员及啦啦队球迷若是激于“团队精神”，一齐进场参战，一场混战就大有可观了。英国人讲究“运动员精神”，公平竞技，而有礼貌，尤其是要输得起，不失君子风度。这理想很高，做起来不易。不要相信英国人个个都是绅士。最近一大群英国球迷在布鲁塞尔球场上大暴动，在球赛尚未开始就挤倒一堵墙，压死好几十意大利球迷，英国方面只阵亡一人，于球迷混战之中大获全胜。这是什么“运动员精神”！比较起来，前不久北平香港足球之战，北平球迷在输了球之后见外国人就打，见汽车就砸，尚未闹出命案，好像是文明多了。

“君子无所争，必也射乎！”就是射也有一套射礼。“揖让而升，下而饮，其争也君子。”这是孔子说的话（见《礼记》四十四“射义”），“射求正诸己，己正然后发，发而不中，则不怨胜己者，反求诸己而已矣。”如果球赛中，输的一方能“不怨胜己者”，只怪自己技不如人，那么就不会有何纷争，像英国球迷之类的胡闹也永不会发生。我们中国古代有所谓“蹴鞠”，近于今之足球。刘向《别录》：“蹴鞠者，传言黄帝所作，或曰起战国时。”《文献通考》：“蹴球，盖始于唐。植两修竹，高数丈，络网于上，为门以度球。球工分左右朋，以角胜负。岂非蹴鞠之变欤？”《水浒传》里也提到宋朝“高俅那厮，蹴得一脚好球”。可见足球我们古已有之，倒是史乘中尚未见过像英国球迷那样滋事的丑态。

据传说李鸿章看了外国人打篮球，对左右说：“那么多人抢一只球，累成那样子，何苦！我愿买几个球送给他们，每人一只。”不管这故事是否可靠，我们中国人（至少士大夫阶级）不大好斗，恐怕是真的。可是他还没见到美国足球比赛，他看了会觉得像是置身于蛮貊之乡。比赛前夕照例有激励士气的集会（pep meeting），月黑风高之夜，在旷野燃起一堆烽火，噼僻啪啪地响，球员手牵着手，围绕着熊熊烈火又唱又跳又吼，火光把每个人的脸照得狰狞可怖杀气腾腾。印第安人出战前夕举行的仪式，大概就是这个样子。翌日比赛开始，一个个像是猛虎出柙，一个人抱着球没命地跑，对方的人就没命地追，飞身抱他的大腿，然后好多好多的人赶上去横七竖八地挤成一堆。蚂蚁打仗都比这个有秩序！

市容

在我居住的巷口外大街上，在朝阳的那一面，通常总是麇聚着一堆摊贩，全是贩卖食物的小摊，其中种类甚多，据我所记得的有——豆汁儿、馄饨、烧饼、油条、切糕、炸糕、面茶、杏仁茶、老豆腐、猪头肉、馅饼、烫面饺、豆腐脑、贴饼子、锅盔等等。

有斜支着四方形的布伞的，有摆着条凳的，有停着推把车的，有放着挑子的，形形色色，杂然并陈。热锅里冒着一阵阵的热气。围着就食的有背书包戴口罩的小学生，有佩戴徽章缩头缩脑的小公务员，有穿短棉袄的工人，有披蓝号码背心的车夫，乱哄哄的一团。我每天早晨从这里经过，心里总充满了一种喜悦。我觉得这里面有生活。

我愿意看人吃东西，尤其这样多的人在这样的露天食堂里挤着吃东西。

我们中国人素来就是“民以食为天”。见面打问讯时也是“您吃了么？”挂在口边。吃东西是一天中最大的一件事，谁吃饱了谁便是解决了这一天的基本问题。所以我见了这样一大堆人围着摊贩吃东西，缩着脖子吃点热东西，我就觉得打心里高兴。

小贩有气力来摆摊子，有东西可卖，有人来吃，而且吃了付得起钱，这都是好事。我相信这一群人都能于吃完东西之后，好好地活着——至少这一半天。我愿意看一个吃饱了的人的面孔，不管他吃的是什么。

当然，这些小吃摊上的东西也许是太少了一些维他命，太多了一些灰尘、微菌。我承认，立在马路边捧着碗，坐在板凳上拿着饼，那样子不太雅观，没有餐台上放块白布，然后花瓶里插一束花来得体面，这我也承认。但是我们于看完马路边上倒毙的饿殍之后，再看看这生气勃勃的市景，我们便不由得不满意了。

但是，有一天，我又从这里经过，所有的摊贩全没有了。静悄悄的，没有什么人，墙边上还遗留着几堆热炉火的砖头。

他们都到哪里去了呢？我好生纳闷。那些小贩到什么地方去做生意了呢？那些就食的顾客们到哪里去解决他们的问题呢？

有人告诉我，为了整顿“市容”，这些摊贩被取缔了。又有人更确切地告诉我，因为听说某某人要驾临这个城市，所以一夕之间，把这些有碍观瞻的东西都驱逐净尽了。

“市容”二字，是我早已遗忘了的，经这一提醒，我才恍然，现在大街上确是整洁多了。“整洁为强身之本”，我想来到这市上巡礼的那个人，于风驰电掣地在街上兜通圈子之后，一定要盛赞市政大有进步。没见一个人在街边蹲着喝豆汁，大概是全都在家里喝牛奶了。整洁的市街，像是新刮过的脸，看着就舒服。

把褴褛破碎的东西都赶走，掩藏起来，至少别在大街上摆着，然后大人先生们才不至于恶心，然后他们才得感觉到与天下之人同乐的那种意味。

把摊贩赶走，并不是把他们送到集中营里去的意思，只是从大街两旁赶走。他们本是游牧的性质，此地不准摆，他们还可以寻到另外僻静些的所在。大街上看不见摊贩就行，“眼不见为净”。

可是没有几天的工夫，那些摊贩又慢慢地一个个溜回来了，马路边上又兴隆起来了。负责整顿市容的老爷们摇摇头，叹口气。

“市容乃中外观瞻所系”，好家伙，这问题还牵涉着外国人！有些来观光的旅行者确是古怪，带着照相机到处乱跑，并不遵照旅行指南所规划的路线走。

我们有的是可以夸耀的景物，金鳌玉蝀、天坛、三大殿、陵园、兆丰公园，但是他们许是看腻了，他们采做摄影对象的偏是捡煤核儿的垃圾山、稻草棚子。我们也有的是现代化的装备，“美龄”号机、流线型的小汽车，但是他们视若无睹，他们感兴趣的是骡车、骆驼队、三轮和洋车。

这些尴尬的相片常常在外国的杂志上登出来，有些人心里老大不高兴，以为这是“有辱国体”。本来是，看戏要到前台去看，谁叫你跑到后台去？所谓“市容”，大概是仅指前台而言。前台总要打扫干净，所以市容不可不整顿一下，后台则一时顾不了。

华莱士到重庆的时候，他到附近的一个乡村小市去游历，我恰好住在那市上。一位朋友住在临街的一间房里，他养着一群鸭子，都是花毛的，好美。白天就在马路上散逛，在水坑里游泳，到晚上收进屋里去。华莱士要来，惊动了地方人士，便有官人出动。

“这是谁的一群鸭子？你的？好，收起来，放在马路上不像样子。”

“我没有地方收，我只有一间屋子。并且，这是乡下，本来可以放鸭子的。”

“你老好不明白，平常放放鸭子也没有关系，今天不是华莱士要来么，上面有令，也就是今天下午这么一会儿，你等汽车过去之后，再把鸭子放出来好了。”

这话说得委婉尽情，我的朋友屈服了，为了市容起见，委屈鸭子在屋里闷了半天。洋人观光，殃及禽兽！

裴斐教授到北平，据他自己说，第一桩事便是跑到太和殿，呆呆地在那里站半个钟头，他说：

“这就是北平的文化，看了这个之后还有什么可看的呢？”

他第二个要去的地方是他从前曾住过六七年的南小街子。他说：

“我大失所望，亲切的南小街子没有了，变成柏油路了，和我厮熟的那个烧饼铺也没有了，那地方改建了一所洋楼，那和善的伙计哪里去了？”他言下不胜感叹。

像裴斐这样的人太少，他懂得什么才是市容。他爱前台，他也爱后台。

高尔夫

高尔夫是洋玩意儿，哪一种球戏不是洋玩意儿？半个世纪前，我看到洋人打高尔夫。好像只有豪门巨贾才玩那种球戏，政坛显要不大参与其间。知识分子还不时地加以嘲笑，称之为TBM的消闲之道。TBM是“倦了的商界人士”之简称，多少带有贬意。商业大亨在豪华的办公室内精打细算，很费脑筋，一个星期下来头昏脑涨，颇想到郊外走走，换换空气，高尔夫恰好适合这种要求。

一片片的绿草如茵，一重重的冈峦起伏，白云朵朵，暖风习习，置身在这样的环境中，能不目旷神怡？在发球区的球座上放一只小小的坑坑麻麻的白色小球，然后挺直身子，高高举起杆子，扭腰，转身，飕的一下子挥杆打击出去，由于技术高或是运气好，这一下子打着了，球飞跃在半天空。这时节还不忙着把身体恢复原状，不妨歪着脑袋欣赏那只球远远地飞腾，自己惊讶自己怎有此等腕力。过几秒钟，开步向前走，自有球童跟着为你背那一袋大大小小的球棒，快步慢步由你，没人催没人赶，一杆一杆地把那小白球打进洞里。打完九个洞或十八个洞，腿也酸了，人也乏了，打道回家，洗澡吃饭。这就是标准的 TBM 周末生活方式。

“高尔夫”源自苏格兰。起初并无光荣历史。大约是在十五世纪初期，在离爱丁堡之北约五十里处的圣安德鲁斯，才有人开始打高尔夫，但是也有人说是起源于荷兰，因为高尔夫是荷兰语，意为杆。更有人说较早的球杆不过是牧羊的曲杖，牧羊人一面看羊群吃草，一面以杖击石为戏。这一说也没有什么稀奇，我们台湾的红叶少棒队当初也是一群穷孩子用树枝木棒打石子苦练成功的。一四五七年，苏格兰王哲姆斯二世时代，议会通过法案“足球与高尔夫应严行取缔”，主要原因是球戏无益，浪费时间，而且不是高雅的消遣。士大夫正当活动应该是练习射箭，我们古代六艺中之所谓“射”，射是保卫国家的技能。哲姆斯四世本人爱打高尔夫，可是他也承认高尔夫耗时无益。人民不听这一套，爱打高尔夫的越来越多。十六世纪中，苏格兰女王玛丽成为历史上第一位出名的高尔夫女将。她呼球童为 caddie，这是一个法文字，因为她是在法国受教育的。

高尔夫盛行于美国，是有道理的，那里的 TBM 特别多。据说如今美国有一万二千五百个高尔夫球场（公私合计），打高尔夫的有一千六百万人之多，每年总共投资进去在三亿五千万美元以上。脑满肠肥的人，四体不勤的人，出去活动活动筋骨，总比在灯红酒绿的俱乐部里鬼混，或是在一掷万金的赌窟里消磨时光，要好得多。打高尔夫的不仅是商人了，政界人士也跟踪而进。本来开杂货店的卖花生的摇身一变可以成为总统，做大官的摇身一变也可以成为什么董事长总经理之类，其间没有太大的区别，打高尔夫，有钱就行。有人说，高尔夫应该译为高尔富，不无道理。

日本是战败国，但也是暴发户，而且传统地善于东施效颦。据说高尔夫在日本也大行其道。最近十年中，日本的高尔夫运动的人口已经突破一千万人大关。全国每十二个人当中便有一个打高尔夫。全国大大小小的高尔夫球场有三百四十几个。要想打高尔夫需要先行入会，入会费高低不等，最低的日币二三十万元，高的达到二千万至三千万元之数，而以小金井高尔夫球场为最高，高到九千万。会员证可以买卖转让，有行情，可以分期付款。所以高尔夫不仅是消闲运动，还是一种投资，亏得日本人想得出这种鬼主意。

不要说我们台湾地窄人稠，不要说我们的生存空间不多，试看我们的各大都市郊外哪一处没有一两个规模不小的高尔夫球场？其中颇有几个人影幢幢在那里挥杆走动。我是没有资格打高尔夫的，但是“同学少年多不贱”，很有几位是有资格的，好多年前，我去拜访一位老同学，他正在束装待发，要去北投挥杆。说好说歹，把我拉上车去要我陪他去走一程，并告诉我北投球场的担担面很有名，他要请我吃面。我去了，我看了，我吃了，可是事后想想，我付了代价。在草地上走了好几个钟头，只为了看着那个小白球进洞，直走得两腿清酸。一洞又一洞，只好一路向前，义无反顾。吸进的新鲜空气固然不少，喷出去的喘气也很多。好不容易绕了一个大圈子，绕回出发的地方，朋友没食言，真个请了我吃担担面，当时饥肠辘辘，三口两口吞下肚，也不知道滋味如何。低头看着自己的两只脚，鞋子上沾满雨露湿泥，归去费了好大劲才刷洗干净，以后还想再去参观别人打高尔夫么？永不，永不，永不！

真有人劝我加入高尔夫的行列。他们说除了消闲运动之外，还有奥妙无穷。我想起了两个故事，一个是晋惠帝九岁时，天下糜沸，民多饥死，帝曰："何不食肉糜？"一个是法国路易十六之后玛丽·安托瓦内特闻人民叫嚣，后问左右，曰："人民无面包吃，故聚众鼓噪。"后曰："何不食蛋糕？"朋友怪我久居都市，心为形役，何不驱车上草原，打个十洞八洞，一吐胸中闷气？我无以为对。我宁可黎明即起，在马路边独自曳杖溜达溜达。

广告

从前旧式商家讲究货真价实，一旦做出了名，口碑载道，自然生意鼎盛，无须大吹大擂，广事招徕。北平同仁堂乐家老铺，小小的几间门面，比街道的地面还低矮两尺，小小的一块匾，没有高擎的“丸散膏丹道地药材”的大招牌，可是每天一开门就是顾客盈门，里三层外三层，真是挤得水泄不通（那时候还没有所谓排队之说）。没人能冒用同仁堂的名义，同仁堂只此一家，别无分店，要抓药就要到大栅栏去挤。

这种情形不独同仁堂一家为然。买服装衣料就到瑞蚨祥，买茶叶就到东鸿记西鸿记，准没有错。买酱羊肉到月盛斋，去晚了买不着。买酱菜到六必居，也许是严嵩的那块匾引人。吃螃蟹、涮羊肉就到正阳楼，吃烤牛肉就要照顾安儿胡同老五，喝酸梅汤要去信远斋。他们都不在报纸上登广告，不派人撒传单。大家心里都有数。做买卖的规规矩矩做买卖，他们不想发大财，照顾主儿也老老实实地做照顾主儿，他们不想试新奇。

但是时代变了，谁也没有办法教它不变。先是在前门大街信昌洋行楼上竖起“仁丹”大广告牌，好像那翘胡子的人头还不够惹人厌，再加上夸大其词的“起死回生”的标语。犹嫌招摇不够尽兴，再补上一个由一群叫花子组成的乐队，吹吹打打，穿行市街。仁丹是还不错，可是日本人那一套宣传伎俩，我觉得太讨厌了。

由西直门通往万寿山那一条大道，中间黄土铺路，经常有清道夫一勺一勺地泼水，两边是大石板路，供大排子车使用，边上种植高大的柳树，古道垂杨，夹道飘拂，颇为壮观可喜。不知从哪一天起，路边转弯处立起了一两丈高的大木牌，强盗牌的香烟，大联珠牌的香烟，如雨后春笋出现了。我每周末在这大道上来往一回，只觉得那广告收了破坏景观之效，附带着还惹人厌。我不吸烟，到了吸烟的年龄我也自知选择，谁也不会被一个广告牌子所左右。

坐火车到上海，沿途看见“百龄机”的广告牌子，除了三个大字之外还有一行小字：“有意想不到之效力”。到底那百龄机是什么东西，有什么意想不到的效力，谁也说不清，就这样糊里糊涂地产生了广告效果，不少人盲从附和。《小说月报》《东方杂志》也出现了“红色补丸”的广告，画的是一个佝偻着腰的老人，手附着胯，旁边注着“图中寓意”四个字。寓什么意？补丸而可以用颜色为名，我只知道明末三大案，皇帝吃了红丸而暴崩。

这些都还是广告术的初期亮相。尔后广告方式日新月异，无孔不入，大有泛滥成灾之势。广告成了工商业的出品成本之重要项目。

报纸刊登广告，是天经地义。人民大众利用刊登广告的办法，可以警告逃妻，可以凤求凰或凰求凤，可以叫卖价格低廉而美轮美奂的琼楼玉宇，可以报失，可以道歉，可以鸣谢救火，可以感谢良医，可以宣扬仙药，可以贺人结婚，可以贺人家的儿子得博士学位，可以一大排一大排讣告同一某某董事长的死讯，可以公开诉愿喊冤，可以公开歌功颂德，可以宣告为某某举办冥寿，可以公告拒绝往来户，可以揭露各种考试的金榜，可以……不胜枚举。我的感想是：广告太多了，时常把新闻挤得局处一隅。有些广告其实是浪费，除了给报馆增加收益之外，不免令读者报以冷眼，甚或嗤之以鼻。同时广告所占篇幅有时也太大了，其实整版整页的大广告吓不倒人。外国的报纸，不限张数，广告更多，平常每日出好几十张，星期日甚至好几百页，报童暗暗叫苦，收垃圾的人也吃不消。我国的报纸好像情形好些，广告再多也是在那三大张之内，然而已经令人感到泛滥成灾了。

杂志非广告不能维持，其中广告客户不少是人情应酬，并非心甘情愿送上门来，可是也有声望素著的大刊物，一向以不登载广告为傲，也禁不住经济考虑而大开广告之门。我们不反对刊物登载广告，只是登载广告的方式值得研究。有些杂志的广告部分特别选用重磅的厚纸，彩色精印，有喧宾夺主之势，更有鱼目混珠之嫌。有人对我说，这样的刊物到他手里，对不起，他时常先把广告部分尽可能地撕除净尽，然后再捧而读之。我说他做得过分，辜负了广告客户的好意，他说为了自卫，情非得已。他又说，利用邮递投送广告函的，他也是一律原封投入字纸篓里，他没有工夫看。

我不懂为什么大街小巷有那么多的搬家小广告到处乱贴，墙上、楼梯边、电梯内，满坑满谷。没有地址，只具电话号码。粘贴得还十分结实，洗刷也不容易。更有高手大概会飞檐走壁，能在大厦二三丈高处的壁上张贴。听说取缔过一阵，但是“野火烧不尽，春风吹又生”了。

有吉房招租的人，其心情之急是可以理解的。在报纸上登个分类小广告也就可以了，何必写红纸条子到处乱贴。我最近看到这样的大张红纸条子贴在路旁邮箱上了。显然有人去撕，但是撕不掉，经过多日雨淋才脱落一部分，现在还剩有斑驳的纸痕留在邮箱上！

电视上的广告更不必说，天下没有白吃的午餐，没有广告哪里能有节目可看？可是那些广告逼人而来，真煞风景。我不想买大厦房子，我也没有香港脚，我更不打算进补，可是那些广告偏来呶呶不休，有时还重复一遍。有人看电视，一见广告上映，登时闭上眼睛养神，我没有这样本领，我一闭眼就真个睡着了。我应变的办法是只看没有广告的一段短短的节目，广告一来我就关掉它。这样做，我想对自己没有多大损失。

早起打开报纸，触目烦心的是广告，广告；出去散步映入眼帘的又是广告，广告；午后绿衣人来投送的也多是广告，广告；晚上打开电视仍然少不了广告，广告。每日生活被广告折磨得够苦，要想六根清净，看来颇不容易。

我看电视

有人问我看不看电视。

我说我看。不过我在扭接电视之前，先提醒我自己几件事。第一，电视公司不是我开的，所以我不能指挥他们播出什么样的节目。电视节目就好像是餐馆里的“定食”(唯一的一组和菜)，吃不吃由你，你不能点菜。当然，有几个频道可供选择。可是内容通常都差不多，实在也没有什么选择。

第二，看电视的不止我一个人。看各处屋顶上扎煞着的一排排鱼骨天线，即可知其观众如何的广大。其中有老有少，有男有女，有君子小人，有贤愚智不肖，他们的口味自然不大相同，而电视制作必须要在他们的不同口味之中找出“公分母”，播映出来的节目要老少咸宜雅俗共赏。其结果可能是里外不讨好，有人嫌太雅，又有人嫌太俗。所以做节目的人，不但左右为难，而且上下交责，自己良心也往往忐忑不安，他们这份差事不容易当。

第三，电视是一种买卖生意。在商言商，当然要谋利。观众是买主，可是观众并未买票。天下焉有看白戏的道理？可是观众又是非要不可的，天下焉有不要观众的戏？于是电视另有生财之道，招登广告。电视广告费是以秒计的，离日进斗金的目标也许不会太远。广告商舍得花大钱登广告，又有他们的打算，利用广告心理招引观众买他们的货物。观众通常是不爱看广告的，尤其是插在节目中间的广告，不但扫兴，简直是讨厌。可是我们必须忍受，因为事实上是广告商招待我们看戏。

提醒自己上述几点之后就可以大模大样地看电视了。看电视当然也有一个架势。不远不近地有个座位，灯光要调整好，泡碗好茶，配上一些闲食零嘴。“TV 餐”倒不必要，很少人为了贪看电视像英国十八世纪三明治伯爵因舍不得离开赌桌而吃三文治 (TV 餐不高明，远不及三明治)。美国的标准电视零食是爆玉米花或炸洋芋片。按我们中国人的口味，似乎金圣叹临行所说“花生米与豆腐干同食大有胡桃滋味”确是不无道理。

看不多久，广告来了。你有没有香港脚，你是否患了感冒，你要不要滋补，你想不想像狼豹一般在田野飞驰？有些广告画面优美，也有些恶声恶相。广告时间就可以闭目养神，即使打个盹也没有多大损失。有时候真的呼呼大睡起来。平素失眠的人在电视前是容易入睡。

看电视多半是为娱乐，杀时间。但是有时亦适得其反，恶心。哭哭啼啼的没完没结，动不动的就是眼泪直流，不是令人心酸，是令人反胃，更难堪的是笑剧穿插。很少喜剧演员能保持正常的人的面孔，不是狞眉皱眼，就龇牙咧嘴，再不就是佝腰缩颈，走起路来欹里歪斜，好像非如此不能引起大家的欢笑。当年文明戏盛行的时候，几乎所有丑角都犯一种毛病，无缘无故地就跌一跤，或是故作口吃，观众就会觉得好玩。如今时代进步，但是喜剧方面仍然特别的有才难之叹。

我事先提醒了自己，所以我感觉电视可以不必再观赏下去的时候，便轻轻地把它关掉。我不口出恶声，当然更不会有像传说中的砸烂荧幕的那样蠢事。好来好散，不伤和气。

光是挑剔而不赞美是不公道的，电视也给了我不少的快乐。我喜欢看新闻，百闻不如一见。例如报载某地火山爆发，就不如在电视上看那山崩地裂岩浆泛滥的奇景。火烧大楼、连环车祸，种种触目惊心的景象，都由电视送到目前。许多名流新贵，我耳闻其名而未曾识荆，无从拜见其尊容，在电视上便可以（而且是经常不断地）瞻仰他的相貌，多半是“天庭饱满，地阁方圆”。警察捕获的盗贼罪犯，自然又泰半是獐头鼠目的角色，见识一下也好（不过很奇怪，其中也有眉清目秀方面大耳的）。美国俚语，称上电视人员所使用的提词牌为“低能牌”，我不知道我们的一些上电视的公务人员在接受访问或发表谈话的时候，是否也使用“低能牌”，按说在他职掌范围之内的材料应该是滚瓜烂熟的，不至于低能到非照本宣科不可。如果使用低能牌，便会露出低能相。

新闻过后便是所谓黄金时段。惭愧得很，这也正是我准备就寝的时候。不过真正好的连续剧，不是虚晃一招的花拳绣腿的武打，而是比较有一点深度的弘扬人性的戏，也可以使我牺牲一两个小时的睡眠。即使里面有一点或很多说教的意味，我也能勉强忍耐。这样的好戏不常见。

我对于野兽生活的片子很感兴趣。野兽是我们人类的远亲，久不闻问了。它们这些支族繁殖不旺，有的且面临绝种。我逛动物园，每每想起我们“北京人”时代的环境与生活，真正地发思古之幽情。看电视所播的野兽生活，格外的惊心动魄。我并不向往非洲的大狩猎。于今之世我们不该再打猎了。地球面积够大，让它们也活下去吧。

我国的旧戏早就在走下坡路。我因为从小就爱看戏，至今不能忘情。种种不便，难得出去看一回戏，在电视上却有缘看到大约百出以上的戏，其中颇有几出是前所未见的。新编的戏我不太热心，我要看旧的戏，注意的是演员的唱与作。我发现了一位武生特别的功夫扎实气度不凡。我在楼上写作，菁清就会冲上楼来，拉起我就走，连呼：“快，快，你喜欢的《挑滑车》上映了！”我只好搁下笔和她一同欣赏电视上的《挑滑车》。电视前看戏，当然不及在舞台前，然而也差强人意了。

电视开始那一年就有有关烹饪示范的节目，我也一直要看这个节目。我不是想学手艺，因为我在这方面没有才能和野心，可是我看主持人的刀法实在利落，割鸡去骨悉中肯綮，操作程序有条不紊，衷心不但佩服而且喜悦。可惜播放时间屡次更动，我常失误观赏的机会。

运动节目也煞是好看。足球(不是橄榄球)、篮球、棒球的重要比赛，尤其是国际性的，我不肯轻易放过。前几年少棒队驰誉国际，半夜三更起来观看电视现场播映的观众，其中有一个是我。

我的暑假生活是怎样过的？

儿时英文作文教师喜欢出的作文题目之一，便是《我的暑假是怎样过的？》。记得当时抓耳挠腮，搜索枯肠，窘困万状，但仍不能不凑出几百字塞责交卷。小孩子的暑假还有什么新鲜的过法？总不外吃喝玩乐。要撰文记述，自不免觉得枯涩乏味。现在我年近五十，仍操粉笔生涯，今年暑假是怎样过去的，颇觉得有一点迷迷糊糊。眼看着就要开学，于是自动地给自己出下这样一个题目，择记几件小事，都平凡琐屑无比，并不惊人，总算给我的暑假做一结束。

暑假伊始，我本来是立有大志的，其规模虽然比不上什么三年计划、五年计划之类，却也条举目张，要克期计功。现在加以清算，我的暑假作业怕是不能及格了。推其原因，当然照例是“环境不良，心绪恶劣”八个字。其实环境也不算太不良，虽然每天侵晨飞机一群擦着房檐过去。有时郊外隐闻炮声，还有时要在街头打死几个学生，颁布戒严令，但是究竟从来没有炮弹碎片落在自己头上，这环境也可以算得是很安谧了。心绪确是近于恶劣，但也是自找，既无疾病缠绵，亦无断炊情事，如果稍微相信一点唯物论，大可以思想前进，决无苦闷。可惜的是，自己隐隐然还有一颗心，外界的波澜，不能不掀动内心的荡漾，极小的一件事也可以使人终日寡欢，所以工作成绩也就微小得不值一提了。

一放暑假，一群孩子背着铺盖卷回家，这是一厄！一家团聚，应该是一种享受天伦之乐的机会，但是平空忽来壮丁就食，家庭收支立刻发现赤字，难以弥补，而赡养义务又是义不容辞的。这是颇费周章的一件事。可恨的是，孩子们既无杨妹（又称杨妹子，原名杨娃，南宋会稽人。宋宁宗恭圣皇后之妹，以艺文技能供奉内庭。——编者注）的技能，又无颜回的操守，粗茶淡饭之后，一个个地唉声叹气，嚷着“嘴里要淡出鸟儿来”！在我这一方面，生活也大受干扰，好像是有一群流亡学生侵入住宅，吃起东西来像一队蝗虫，谈天说笑像是一塘青蛙，出出进进，熙熙攘攘。清早起来马桶永远有人占着座儿，衣服、袜子、书籍、纸笔狼藉满屋，好像是才遭洗劫，一张报纸揉得稀烂，彼此之间有时还要制造摩擦。饶这样，还不敢盼着暑假早日结束，暑假一终止，另一灾难到来，学杂膳宿，共二十七袋面！

还有一桩年年暑期里逃不脱的罪过，学校要招生。招生要监考，监考也不要紧，顶多是考生打翻墨水壶的时候你站远点，免得溅一腿；考生问“抄题不抄题”的时候使你恶心一下。考完要看卷子，看卷子也不要紧，捏着鼻子看，总有看完的一天，离奇的答案有时使人笑得肚子疼，离奇的试题有时使人不好意思笑出声来，都还有趣。最伤脑筋的是招生之际总有几位亲友手提着两罐茶叶、一筐水果登门拜访，扭扭捏捏地说孩子要考您那个大学您那个系，求您多多关照。好像那个学房铺是我开的似的！如果我开诚布公地对他说，我实在心有余而力不足，题目不是一个人出，卷子不是一个人看，其间还有弥封暗码，最后还要开会公决，要想舞一点弊是几乎不可能，这套话算是白说，他死也不信。“大家都是中国人，打什么官腔？”“你这是推托，干脆说不管好了，不够朋友！”“帮人一步忙，就怕树叶儿打了脑袋？”再说就更不好听了：“谁没有儿女？谁也保不住不求人。这点小事都不肯为力，‘房顶开门，六亲不认’！”如果我答应下来，榜发之时十九是名落孙山，没脸见人。这样的苦头我年年都要吃，一年一度，牢不可破，能推的推了，不能推的昧着良心答应下来，反正结果是得罪人。今年得高人指点，应付较为得宜。接受请托之际，还他一个模棱答案，“您老的事我还能不尽力！您真是太见外了。不过有一句话得说在前头。令郎的成绩若是差个一星半点的，十分八分的，兄弟有个小面子，这事算包在我身上了，准保能给取上，不过，若是差得太多，公事上可交代不下去，莫怪我力不从心。”对方听了觉得入情入理，一定满意。之后，对方还照例要来一封八行书，几回电话，一再叮咛，这都不慌。等到快发榜的前夕，可要把握时机，少不得要到学校里钻营一番，如果确知考取了，赶快在榜发之前至少十分钟打一电话给他老人家：“恭喜，恭喜！令郎的成绩好，倒不是小弟的力量……”他一定认为是你的力量，他相信人情，面子。如果没有考取，不怕，也在发榜之前十分钟打一电话，虽然是噩耗，而能在发榜之前就得到消息，这人情是托到家了。事后再赶快抄一张他这位世兄的成绩表，“英文零分，数学两分，国文十五分……实在没有办法，抱歉之至！”这办法不得罪人。

还有更难应付的问题，一到暑假，正是“毕业即失业”的季候，年轻小伙子总觉得教书的先生许有点办法，于是前来登门拜谒，请求介绍职业。其实教书的先生正是因为在人事上毫无办法，所以才来教书，否则早就学优而仕了。所以每有学生一手持履历片，一手拿点什么小小的礼物之类，我一见便伤心不只从一处来，一面痛恨自己的不中用，一面惋惜来者之找错了人。

长夏无俚，难道没有一点赏心乐事？当然也有，晚饭后，瓜棚豆架（确切地说，今年我家瓜无棚豆无架，全是就地插的！），泡上一大壶酽茶，一家人分据几把破藤椅，乘凉闲话，直聊到星稀斗横、风轻露重，然后贸贸然踱到屋里倒头便睡——这是一天里最快活的一段时间。白天就没有这样清闲，多少鸡毛蒜皮的琐碎事，多少语言无味面目可憎的人，把你的时间切得寸断，把你的心戳成马蜂窝！你休想安心，休想放心，休想专心，更休想开心！

有人主张暑假里到一个风景优美的地方去避暑，什么北戴河、青岛，都是好地方，至不济到郊外山上租几间屋子，也可暂避尘嚣。这种主张当然是非常正确，谁也不预备反驳。北戴河、青岛如今都不景气，而且离前线也太近，殊非养生之道，远不及莫干山、庐山。我今年避暑的所在，和几十年来的一样，是在红尘万丈、火伞高张的城里，风景差一点，可是也并未中暑。

我的暑假就这样地过去了，好歹把孩子们打发上学了。明年的暑假能不能这样平安度过，谁知道?